너의 직장생활이
행복했으면 해

너의 직장생활이 행복했으면 해

초판인쇄 | 2023.7.20
초판발행 | 2023.7.26

저 자 | 손지오
디자인 | 사라
펴낸곳 | 책마음
출판등록 | 2023.01.04 (제 2023-1호)
주 소 | 원주시 서원대로 427, 203-1401
전 화 | 010-2368-5823
이메일 | book_maum@naver.com
ISBN | 979-11-981676-6-8(03810)
전자책 ISBN | 979-11-981676-7-5 (05810)
값 15,000원

너의 직장생활이
행복했으면 해

책마음

목차

프롤로그

색깔을 모은 삶의 그림

저의 살아온 하루하루의 색깔은 때때로 달랐습니다. 기쁨, 즐거움, 슬픔, 화남, 괴로움 등 이루 말할 수 없지요. 다양한 색깔의 조합이 바로 나라는 사람의 무늬를 보여줍니다. 마냥 어리기만 한 시절도 지나가고, 아이들을 보살피는 수고스러 움도 잦아들고, 직장생활의 연속도 시들어갑니다. 내 생을 좀 더 곱게 만들 수 없을까라는 고민이 늘 존재했습니다.

지나고 보니 정말 싫었던 한 시절의 오점도 나를 만들어가 고 밝혀주는 빛이었습니다. 정말 맑은 빛처럼 행복할 때도 있 었고, 어이없는 불행이라 생각되는 일들도 있었습니다. 이제 야 제 생활의 대부분을 차지하고 있는 직장생활을 소소히 돌 이켜 봅니다. 지나면 더 이상 선명하지 않을까 봐 좋은 일이든 싫은 일이든 떠올려 보았습니다.

어떤 일은 가물가물하여 순서나 정확한 인물의 묘사가 아 닐 수도 있습니다. 지워져 가는 기억마저도 내가 행복으로 가 는 길에서 나의 모습을 반영하는 것이기에 지금의 오류도 아 름답다 생각됩니다. 어느 시절 같이했던 분들이 나중에 이야기를 바로 잡아줄 수 있을 거라 믿습니다. 세월은 흘러도 나와 직장동료는 여러 점으로 연결된 인연이었기에 소중하고도 그립습니다. 글재주가 신통치 않아 한쪽에 치우친 생각과 이야기일 수도 있습니다. 그런데도 제가 그려간 소소한 이야기에 같이 고개 끄덕일 수 있다면 그지없이 기쁘겠습니다.

지금은 '살다 보니 살아지더라.'라는 말을 할 수 있겠네요. 끝을 보고 싶은 직장생활도 같이하는 사람이 바뀌면서까지 연장되었습니다. '희로애락'이 매사에 따라다니는 것은 불변의 진리인 것 같습니다.

하나하나 떠올리며 같이 했던 시간과 사람들에게 의미를 주고 보내주는 과정을 가졌습니다. 나의 과거를 채워준 일들이 유화에서 덧칠해진 밑그림이었기를 바랍니다. 오늘 선택한 색깔을 덧입혀서 나의 인생 후반이 더 부드러워지고 다채로운 삶의 그림이 될 수 있기를 희망합니다.

2023년 6월
손지오

하나하나 떠올리며 같이 했던 시간과 사람들에게 의미를 주고 보내주는 과정을 가졌습니다. 나의 과거를 채워준 일들이 유화에서 덧칠해진 밑그림이었기를 바랍니다. 오늘 선택한 색깔을 덧입혀서 나의 인생 후반이 더 부드러워지고 다채로운 삶의 그림이 될 수 있기를 희망합니다.

첫 번째 행복
모르지만 일단 해봅니다

오늘도
서툴게 시작합니다

무작정 서울로 갔다.

'지방보다는 서울이다.'라는 개똥철학으로 얻을 게 많을 거로 생각했다. '나의 첫 직장은 서울에서 시작한다.'라는 각오가 마음속 어딘가에 박혀 있었다. 무슨 일이 일어날지는 생각하지 않았다. 회사에서 어떤 일부터 시작하는지 알 수 없었지만, 처음이니 해봐야지 하는 마음뿐이었다.

직장에서 사람을 어떻게 대해야 하는 걸까? 첫 대면이 어려웠던 경험은 대학 면접이었다. 교수님은 내가 면접실을 들어가 의자에 앉자마자 시종 난감한 질문을 했다. 그리고 대학생활 내내 성격 다른 다섯 명의 교수님을 뵙고 지냈다. 사실교수님들은 아버지처럼 말 꺼내기가 쉽지 않았지만, 학생 편에서 이야기하는 편이라 낯설다고 하기도 어려웠다.

시간이 넉넉하지 않아 회사에 입고 갈 옷을 간단히 마련했다. 출근한 첫날, 어색한 정장을 입고 단정히 앉아 사무실의 낯선 공기를 느꼈다. 회사가 설립된 지 얼마 되지 않아서인지 사무실이 잘 정돈되어 있었다. 부장님, 사장님은 매우 친절하여 불편한 것은 없는지 어디에 사는지 등을 편안하게 물어봐 주었다. 그렇다고 해도 신입사원인 나는 안절부절못하고 애써 마음을 붙잡고 있었다.

부장님 두 분이 지하철 타러 가는 길목에 잘하는 홍어집이 있다고 했다.

"같이 가볼래?"

"네, 가겠습니다."

부장님들은 사람 좋은 얼굴로 방긋 웃었다.

내가 어찌 "아니요."라고 말할 수 있겠는가?

서울이 처음이라 당분간의 거처를 부탁한 이모네에 가야 하니 일터에서 밥을 해결하면 좋을 것 같았다.

보아하니 두 분 다 술을 좋아할 듯했다. 집에 일찍 가기 싫으신가 보다.

바쁜 일이 없어서 여섯 시가 되자마자 셋은 사무실을 나섰다. 거리가 낯설고 걸음걸이도 부자연스러웠다. 상가 골목이 즐비한 인도를 따라가다 안쪽 골목으로 들어갔다. 두 부장님의 서글서글한 눈매와 입담이 무리 없이 나를 이끌었다. 음식점으로 들어서자 홍어, 막걸리가 유독 눈에 뜨였다. 전라도 사람인데도 제대로 된 홍어를 먹어보지 못했는데, 서울에서 먹다니, 아는 것도 없었지만, 처음인지라 거부할 이유는 더욱 없었다.

홍어 한 접시와 단단한 항아리에 막걸리가 나왔다.

"어서 먹어봐~."

나는 홍어 한 점을 젓가락으로 들어서 아무 생각 없이 입에 넣었다.

"아~~, 어~~~~, 아이고~~~~~."

온 입안과 코가 화학약품을 마신 듯 뻥 뚫렸다.

'이런 걸 맛이라 할 수 있는 걸까?' 의문이 번개처럼 지나갔다.

순간의 숨을 참고 대충 씹어서 얼른 넘겼다. 바로 다음에 물을 찾아 벌컥벌컥….

특별 화학 맛이었다.

"하하하" "어때, 괜찮아?" 눈매에 웃음기 가득한 두 분의 얼굴만 내 눈에 가득 찼다. 말 한마디를 못 하고, 울어야 하는 건지 화내야 하는 건지 야속했다. 지금도 홍어의 맛보다 두 분의 눈망울이 두고두고 떠오르는 '추억의 맛'이었다.

한마디로 홍어의 맛은 너덜너덜했다. 하지만 두 부장님은 막걸릿잔을 부딪쳐가며 술을 들이켰다. "커~억" 하고 소리 내며 연신 젓가락으로 홍어를 집어 먹었다. '와, 저 삭힌 맛을 어떻게 계속 먹을 수 있지?' 속을 알 수 없었다. 두 분의 이야기는 농담 반 진담 반으로 쉴 새가 없었다. 나는 고개도 끄덕이고, 짤막하게 대답도 하며 밥과 반찬을 부지런히 먹었다. 내게 홍어는 이유야 어찌 되었든 자린고비의 굴비처럼 쳐다만 보는 귀한 음식이었다.

두 부장님의 즐거운 식사는 마무리되었다. 일어나자마자 벗어놓은 내 신발이 눈에 띄었다. 가엽기 그지없었다. 한여름 동안 캠퍼스로 도서관으로 시골집으로 열심히 내달려준 신발이었다. 발바닥에 고였을 땀으로 샌들 안쪽 바닥이 닳아 상표가 다 사라지고 허름했다. 학기가 끝나고 서울 갈 준비한다고 서두르긴 했지만, 뭘 사야 할지 망설이다 시간이 흘렀다. 출근 첫날에 하루만 버텨 주기를 바랐다. 퇴근 후에 신발을 사려고 했었다. 벗어놓은 신발은 오싹한 홍어 향만큼이나 내 마음을 흔들었다. 두 분의 눈길이 신발에 머무르지 않기를 바라며 나는 재빨리 신발을 신고 식당을 나섰다.

두 부장님은 콧노래를 흥얼거리며 비틀거리는 걸음으로 지하철 2호선까지 갔고 서로 반대 방향의 지하철을 탔다. 두 분의 장난기는 끊이지 않았다. 이후에도 어떻게 하면 신입사원을 놀라게 해줄까가 목적인 듯했다.

전통적인 홍어의 강한 맛은 요새 맛보기가 어렵다. 아무래도 대중화되기 어려운 맛이라 고유한 맛을 즐기는 사람은 따로 있을 것이다. 순한 홍어 맛은 결혼식이나 장례식장에서 맛볼 수 있다. 향이 강하지 않아서 입맛이 까다로운 사람들도 쉽게 먹을 수 있다. 한편, 청소년이 어른이 되어 가는 맛이기도 하다. 직장인이 된 조카가 고등학교 3학년인 사촌 동생에게 너스레를 떤다. "홍어 먹을 줄 알아야 대학생 된다."

시댁 어머님은 명절에 차례 음식으로 홍어를 삭혀서 자주 내놓았다. 명절 음식의 느끼함을 잡아주기에 충분했다. 통째 쪄서도 먹고, 국으로도 먹었다. 국물이 싸하니 개운하여 양식 음식의 애피타이저처럼 입맛을 돋우고 다른 음식을 더 맛나게 먹을 수 있게 했다.

지금처럼 음식을 신선하게 보관할 수 있는 냉장고가 없는 옛 시절에 부패하기 쉬운 생선을 발효시키는 방법은 조상의 탁월한 지혜다. 삭는 동안 홍어 속의 요소 성분은 암모니아로 변하여 부패균의 증식을 억제하고 트라이메틸아민도 생성된다. 홍어는 제 살을 삭혀서 난감한 맛과 향을 내고 중독성 있는 음식으로 변한다.

바다에서 납작 엎드려 헤엄치는 홍어에 자꾸 눈길이 간다. 생김새도 평범하지 않다. 문득 주변 이들에게 내 모습은 어떻게 비칠까 생각한다. 홍어처럼 삭혀보면 나조차도 알아채지 못하는 내가 나오는 걸까? 잔칫집의 밥상에서 홍어를 반기듯 나의 톡톡한 특감을 상상한다.

사회 초년생이
법원에 가다

'우물 안 개구리가 되지 마라.'

'공부를 잘한다고 사회생활을 잘하는 것은 아니다.'

'공부 못해도 세상에 할 일은 많다.'

'어렸을 때 사고를 치는 아이들이 커서 더 잘한다.'

이런 말을 많이 들어보았는가? 내가 어렸을 적 엄마에게서, 선생님에게서, 기억 안 나는 누군가에게서 자주 들었다.

시골에 자란 나는 철없었지만, 말썽도 피우지 않고, 학교도 즐겁게 잘 다니는 아이였다. 할머니, 아버지, 엄마, 오빠가 여럿이고 언니가 있었다. 풍족하지 않았지만, 가족이 있어 좋았고, 시골의 자연과 너그러움 속에서 해맑은 모습으로 뛰어다녔다. 보통의 아이 때는 다 그러지 않을까 하는 생각이 든다. 가만히 떠올리면 향수 가득한 시절이었다. 언제나 웃음을 자아내게 하여 그립고도 고맙다.

학년이 올라가면서 점점 나의 마음과 행동을 죄어오는 일들이 한 개씩 늘어났다. 내가 점점 커가며 감당해야 하는 일이 많아짐을 은연중에 느꼈다. 그냥 밥만 먹고 놀기만 해도 되는 줄 알았는데, 가끔 청소도 해야 하고 심부름도 해야 하고, 집에 같이 사는 닭들의 숫자가 안 맞으면 얼른 알아차려야 했다. 집 나간 닭이 어디쯤 있을까 짐작해서 동네를 휘둘러보고 와야 했다. 집에 낯선 사람이 기웃거릴 때 상황을 대충 짐작하다가 이거 아니다 싶으면 엄마께 바로 알릴 줄도 알아야 했다. 더 크니, 옷도 반듯하게 입고, 머리도 단정히 해야 했다. 학생이니 공부도 열심히 하는 건 당연했다. '더 많이 배워야 한다. 더 넓게 생각하라.'는 담임 선생님이 아니어도 누군가가 꼭 이야기하는 훈계였다.

도대체 넓게 생각한다는 것이 무엇일까? 때때로 의심이 들었다. 난 잘하고 있는 것 같은데 부족하다는 듯이 선생님도 엄마도 말씀하셨다. 내가 어린아이 짓만 한다는 뜻일까? 나는 늘 나였고 오늘을 살고 있는데, 요구사항이 많았다. 나이를 한 살씩 먹을 때마다 마음이 무거웠다.

만나고 느끼고, 살아가는 삶 속에서 자립과 성장은 늘 고민을 안겨주는 화두다. 무언가 하고자 할 때 도와주는 손길이 있다면 마음 가뿐하게 도전하기가 쉬울 것이다. 살림살이가 넉넉해지고 내가 누구에게 꿀리지 않고 영향력 있게 살아가기를 바란다. 잘 이겨내다 보면 다 갖출 수 있으리라 희망하지만 가는 중에 암초는 늘 존재한다. 생각만큼 내가 냉큼 가질 수 없는 현실이 있다. 가끔 만나는 상황은 바위처럼 무거워서 꿈적하지도 않는 큰 벽이고 때론 금방 해결되어 사라지는 먼지와 같다.

인생을 뭐라 생각하는가? 나이 먹는 것, 커 가는 것, 밥 먹는 것, 늙어가는 것….

'오늘을 살아내는 것이다.' 어제는 내가 살았던 날이었고, 오늘은 내가 사는 날이고, 내일은 내가 살아갈 날이다. 오늘을 살아내면 살아진다. 어떻게? 작은 소원이 있거든 하나라도 이뤄지도록 사는 거다. 우리는 바라면서도 그대로 시간을 흘려보낼 때가 많다. 이러저러해서 '시간이 가버렸네!' 쉽게 이야기한다. 시간이 갔으니, 그렇게 이야기할 수밖에 없지만, 살면서 내 마음속을 꽉 차지하는 소망을 붙들어야 한다. '내가 이 바람대로 살았더니 참 좋은 삶이 되었구나.' 말할 수 있어야 속이 시원할 것이다.

직장은 내가 새로운 이들을 만날 수 있고, 좋든 싫든 부대

끼며 나의 세계를 넓힐 수 있는 곳이었다. 생글생글 웃는 귀여운 후배가 있었고, 말 한마디라도 똑 부러지게 하는 동료가 있었다. 계산에 능한 동료도 있었고, 언제나 일이 있으면 조용히 와서 도와주는 선배도 있었다. "전 회사에서는 말이야~!" 하며 정해진 규율을 중요시하는 부장님, 가끔 시사 이야기를 꺼내며 "일만 이천 명의 사람들이 5% 퍼센트의 비율로 존재한다." 등 정확한 수치를 전하는 뉴스 박사도 있었다.

신생 회사라 많은 사람이 오고 갔다. 같은 업종인데, 일이 힘들어서 옮겨온 사람, 공공기관에서 억울한 일을 당하고 작은 회사로 이직한 사람도 있었다. 자신이 주도적으로 경영해보겠다고 야심 차게 임원으로 시작한 사람도 있었다. 한 신입 사원은 잘 모르지만, 첫 직장인 만큼 열심히 해보겠노라고 결의에 차서 말했다. 2년 이내에 오고 간 사람이 남아 있는 사람보다 두 배가 되었다.

문제는 경제 사정이었다. 때는 바야흐로 암흑의 시기라 회사는 물론 직원들도 경제 상황이 좋지 않았다. 사채를 조금 빌렸다가 이자가 겹겹이 쌓여가는 한 직원은 밤낮으로 일하여 빚을 갚았다. 직원들은 사 먹던 점심값도 아끼기 위해서 각자 도시락을 싸 왔다. 가끔 마트에서 값싸게 고추, 상추, 쌈장을 사 와서 식탁을 푸짐하게 했다. 그중 한 직원의 매실장아찌는 인기 최고였다. 엄마가 정성껏 만들어준 반찬은 직장생활을 익히느라 힘들어하는 아들을 웃음 짓게 했다.

　회사의 재정은 나에게 많은 영향을 주었다. 일의 진척은 물론 나의 존재감과 급여가 달라졌다. 여가 활동, 교육 기회가 있기를 원했으나 첫 회사는 엉망이었다. 2년째 되는 해에 월급이 제대로 나오지 않았다. 부당하다며 직원 몇 명이 의기투합하여 법원에 신고했고, 판결을 받아서 몇 개월 치 급여의 70%를 받았다. 나 또한 여기에 포함되어 있었다. 사회 초년생이 뭘 알았을까? 선배가 일러준 대로 서류를 준비하고 직원들의 도장을 모아서 법원에 제출하는 것이 내 임무였다. 통장에 찍힌 급여를 보며 이끌어준 선배가 감사했고, 월급을 더 적게 받을 수밖에 없었던 나머지 직원과 허덕이는 사장님이 짠하기만 했다. 내 코가 석 자라 내 월급으로 베풀 수 있는 것은 위로의 말이 전부였다.

　살다 보면 내 뜻과 다르게 흘러가기도 했다. 짠 내 나는 직장생활 초년생은 누가 봐도 견뎌야 하는 시간이었다. 매일 지하철에 문틈을 비집고 물밀듯이 들어가는 직장인들을 보며 나보다 강한 사람들이라 생각했다. 나는 아침저녁으로 길고 긴 사람들의 행렬에 섞여서 계단 오르랴, 흔들리는 버스에서 중심을 잡으랴, 지하철 내 한쪽에서 숨죽이며 서 있느라 애썼다. 빽빽한 출퇴근 시간을 이겨내고 회사에 도착하면 전쟁터에서 돌아온 전사처럼 쉴 곳을 찾았다. 의자에 털썩 주저 앉았다.

5분도 지나지 않아 일과가 시작되어 재빠르게 움직이곤 했다. 사무실 책상도 닦고, 쓰레기통이 말끔한지 살폈다. 막 뛰어 들어오는 직원들을 보며 매일 힘차게 아침 인사를 했다. 오늘도 무사히 즐거운 일과이기를, 퇴근할 때 뿌듯한 마음이 기를 기도하며.

눈 오는 날에는
직장 문이 닫힙니다

서울에서 직장생활을 한 지도 4개월째였다.

잠깐 바람이라도 쐬려고 건물 옥상에 올라갔다. 길 건너 아파트가 보이고, 건물 쪽에는 옆으로 나란히 있는 낮은 상가 건물의 옥상이 보였다. 물끄러미 먼 산을 보고 있는데 눈이 왔다. '어! 눈이 오네.' 반가웠다. 한반도 남쪽 시골에서 자란 나는 북쪽 서울의 겨울을 빨리 알아차렸다. 바람도 샜다. 같은 날짜이면 훨씬 더 추운 날씨였다. 왜 이리도 추운지….

가만 보니 눈이 내렸다. 점점 많이 내렸다.

사무실로 들어가다가 담배 피우러 사무실 밖으로 나온 동료들을 복도에서 만났다.

"밖에 눈이 와요. 옥상에 한번 가 봐요. 예뻐요." 다들 눈이 휘둥그레졌다. 눈빛이 점점 밝아지더니 옥상으로 하나둘씩 올라갔다. 사무실에 있던 청춘들은 다 옥상으로 집합한 것 같았다. 웃음기 머금은 얼굴로 잡담하다가 이제 더 이상 지체할 수 없음을 깨닫고 계단을 내려갔다.

'앗! 사무실 문이 잠겼다!'

아아~ 부장님 세 분이 계시는데 그 누군가의 목소리가 환청처럼 지나쳐 갔다. 제일 엄하신 부장님의 날 선 호통이 사무실 안에서 배어 나왔다.

"무슨 짓들을 하는 거야? 근무 중에 다 어디 가고? 그것도 눈이 온다고 우르르 몰려 나가나?"

주눅이 든 나와 동료들은 아무 말도 못 하고 눈치만 보고 있었다.

"여기가 뭐 너희들 놀이터인 줄 아나?"

한참 어린 부하직원을 향해 훈계하셨다.

"죄송합니다. 눈이 너무 예쁘게 와서. 그리고 할 일도 별로 없어서요."

정곡을 찌른 한마디에 부장님 눈빛이 잠시 흔들거렸고 이내 말을 멈추었다.

'일이 없는 게 우리 잘못도 아닌데, 회사에서 중견인 부장님, 상무님, 사장님이 일거리를 많이 가져와야 할 것 같은데.'

모두 쉬쉬하며 말을 못 하는 침묵의 순간….

"빨리 들어와, 다시는 그러지 마라."

'휴~ 살았다.' 서로의 눈빛은 별일 아님을 묵시적으로 알았고, 잠깐의 해프닝이라서 가슴을 쓸어내렸다.

시골 방안은 외풍이 많아 아침이면 도톰한 솜이불에서 빠져나오기 싫었다. 부스스하게 눈 비비며 일어나 방문을 열면 "삐~그 덕" 소리가 났고, 이내 찬 기운이 훅 들어와 놀래곤 했다. 열어젖힌 방문 사이로 마당 가득 쌓인 새하얀 눈을 발견했다. 눈이 휘둥그레지고 시선은 재빠르게 옆집 돌담으로 옮겨갔다. 소복이 쌓인 눈이 어쩜 이리도 예쁜지 세상 부러울 게 없었다. 아버지는 누가 미끄러질세라 마당에 쌓인 눈을 쓱싹쓱싹 쓸어냈다.

눈이 오면 우리 집 뒤로 난 골목은 예사롭지 않았다. 옆집 대나무가 골목 쪽으로 몸을 기울이고 있었고, 휘어진 대나무 위에 눈이 겹겹이 앉아 하얀 동굴을 연상케 했다. 골목길은 대나무 덕에 눈이 훨씬 덜 쌓였다. 키 큰 어른들은 대나무 가지 하나를 붙잡고 후드득 흔들어대었다. 그 밑을 지나다 난데 없는 눈 소나기를 맞곤 했다. 후다닥 뛰어 도망치는 게 상책이었다.

눈이 오면 오빠와 난 장갑을 끼고 모자를 쓰고 양동이를 들고 골목으로 나갔다. 오빠와 난 양동이로 눈을 부지런히 퍼다 날랐다. 눈을 다져서 풀리지 않도록 단단히 치댔다. 둥글둥글 굴리면 덩어리가 사람만 해졌다. 나뭇가지를 꺾어 팔을 만들고 양동이는 모자로, 싸리 빗자루도 눈사람 옆에 기대어 두고 돌멩이를 주어와 눈, 코, 입을 만들었다.

처마에는 물이 떨어지려다 얼어버린 뾰족한 고드름이 공룡 이빨처럼 나 있었다. 손이 시려도 고드름을 한 번에 뚝 끊어서 방으로 가져왔다. 아궁이로 불을 지피는 방은 암갈색의 나무 합판 장판으로 되어 있었다. 거기에 고드름으로 글씨를 쓰면 도드라지게 잘 보였다. 엄마, 아빠, 오빠, 언니, 나의 이름을 잔뜩 쓰고, 또 친구 이름도 써보았다. 손 시린 것도 잊고 글씨 쓰는 재미에 푹 빠졌다.

하얀 눈과 투명한 고드름은 오후가 되도록 마당 한 곁에 그리고 담 위에 수북이 쌓여 있었다. 반쯤 녹아내려도 단아한 모습은 밤이 되도록 남아 있었으면 좋겠다. 내일이면 없어질 텐데. 겨울 추위에 로션도 제대로 바르지 않아 터서 갈라진 볼품없는 손은 바지런 떠느라 하루 종일 분주했다.

도시의 겨울을 처음 보았다. 눈이 쌓인 모든 곳이 예뻤다.

교통이 막히고 눈이 녹으면서 질퍼덕거리는 거리가 불편하게 느껴지는가? 난 별로 신경 쓰지 않았다. 하지만, 마음이 한없이 겨울인 듯했다. '겨울은 추워야 농사가 더 잘된다.' 시골 어르신들은 말씀하셨다.

첫 직장생활을 하면서 일이 어렵고 낯설어서 고군분투했다. 아직은 배워야 할 것이 산재했다. 신입사원인 나는 오늘 벌어지는 일을 해결하는 과정에서 경험을 쌓아 가야만 했다. 부장님께, 선배에게 도움을 요청했다. 혼자 하면 막막했던 일이 도움을 받으면 한결 수월해졌다. 일이 없어서 뭘 해야 할지 모르는 시간도 가끔 있었다. 품질관리 매뉴얼을 한 번 더 읽어보았다. 빽빽이 기록된 문서는 읽을 때는 지루하지만 내가 하는 일의 전체적인 방향을 알 수 있었다.

회사 직원들은 다양한 자격증을 가지고 있었다. 회사는 자격증을 많이 보유할수록 이득이었다. 인력 구성이 단단하여 경쟁 입찰 서류에서 한몫했다. 나 또한 경력을 쌓아서 보유하고 있는 면허의 상위면허를 취득하는 것이 목적이었기 때문에 언제나 공부 태세를 갖추고 있었다. 문제가 어려워 잘 정리가 되지 않을 때는 일하느라 분주한 선배에게 자꾸 물어댔다. 저녁이면 눈꺼풀이 무겁고 자꾸 드러눕고 싶었지만, 하루빨리 끝내고 싶은 마음에 공부를 붙들고 있었다. 2년이 흘러가는 시간이었다.

경제적으로 빈약한 직장에서도 일하면서 꾸준히 노력하고 성과를 내야 했다.

초등학교, 중학교 시절에 급훈을 기억할까? 지금은 한자를 잘 사용하지 않아서 중학교 시절 네모난 줄무늬가 있는 노트에 빽빽이 써 내려간 한자 쓰기의 노력이 온데간데없다. 마찬가지로 교실 벽에 걸린 "근면·성실"이란 급훈이 까마득하게 느껴진다. 지금의 창의적 사고와 행동을 강조하는 문화에서 근면, 성실은 점점 중요성이 떨어지는 듯하다. '모로 가도 서울만 가면 된다.'라는 말도 있지만 당시는 근무 시간에 열심히 하는 모습이 당연했다. 성실함의 절정이었던 당시의 직장생활은 신입사원의 기본자세이기도 하고 상사나 동료들의 신뢰를 얻을 수 있었다.

업무 시간에 문서를 바르게 작성하는 반복 연습도 필요했다. 사실, 대학교에서는 문서작성에 집중하지 않았다. 단지 리포트를 작성하는 데 필요한 방법을 골라서 사용했을 뿐이었다. 다행히 부장님께서 지인께 부탁하여 문서작성의 비법을 교육받을 수 있었다.

새로운 환경이었지만 동료나 선배, 상사와 친하게 지내서 좋았다. 빚에 쫓겨 마음에 여유가 없는 선배인데도 업무 시간만큼은 뭘 몰라 하는 내게 친절하게 알려주었다.

내가 시작한 일이 생각했던 것과 전혀 다르게 흘러갈 때 우리는 보통 낙담하게 된다. 왜 이렇게 되었을까부터 시작해서 내가 여기서 이럴 사람은 아닌데, 좀 더 나은 곳은 없을까? 고민하면서 괴로워한다. 회사 재정의 어려움은 마음을 자꾸 흔들어 놓기 십상이다.

하지만, 지나고 보니 큰일도 아니었다. 내가 할 수 있는 일을 꾸준히 해결하려는 노력과 성실한 마음만 있다면 첫 직장에서는 성공하는 것이다. 작은 것을 이뤄가며 의미 있는 씨앗을 만들기 때문이다. 어려운 시절에 귀한 경험을 쌓았다.

만나야
알 수 있는 것들

직장생활은 출근, 업무, 인간관계의 연속이다.

부딪혀봐야 어려운지도 어떻게 해야 할지도 고민하기 마련이다. 퇴근할 즈음 저녁 먹고 갈 사람, 맥주 한잔할 사람 누군가가 외치면 잠시 마음이 간다. 타지에 혼자 사니 집에 일찍 가야 할 이유가 없었다. '그럼, 저녁 먹고 갈까? 맥주 한잔하러 갈까?' 생각한다.

첫 직장에는 또래 젊은 사원이 많았다. 조금씩 나이 차이는 나지만 별반 따지지도 않았다. 무엇보다 이 사람들은 욕심이 없었다. 난 서울 생활이 팍팍하기만 한데, 직장동료들은 즐거워했다. 직원은 서류에 숫자를 잘못 기재해서 부장님으로부터 서류 반려를 당했다. 잠시 주춤하다가 이내 밝은 모습으로 점심을 먹었고 현장에 일을 하러 나갔다. 현장 일은 팀 단위로 했다. 늦은 저녁에 장비를 가져다 놓으려고 회사에 들르기도 했다. 고된 하루를 살아낸 얼굴은 온데간데없고 해 죽해죽 웃었다. "교통은 막히지 않았니? 현장에서 별일은 없었니?" 묻는 부장님의 말에 "네, 괜찮았습니다." 가벼이 답했다.

집에 가나 싶지만 그럴 마음은 없는 듯했다. 저녁 식사 의향을 물었고 나는 싫지 않아 동참하곤 했다. 무리 지어 저녁 먹는 일상은 당시만 해도 보기 쉬웠다. 최근 코로나19를 지나면서 오프라인 모임이 거의 없었고, 이후 코로나 시기가 풀려도 각자의 사정과 관심거리가 달라서 저녁 시간은 직원 전체가 모이기가 쉽지 않았다. 같이 밥 먹는 동안에 누구 집에 식구가 몇 명이며, 학교는 어디서 다녔는지, 무엇을 좋아하는지 속속들이 알았다. 늦게까지 술 마시며 술 이야기를 나누곤 했다. 자신이 술주정한 것부터 시작하여 친구들의 상상 초월한 에피소드는 영화에서 볼 수 있을 만큼 흥미로웠다.

2차로 맥주는 마셨으나, 여기서 끝나지 않았다.

"한 잔 더!"

술 좋아하는 과장님은 잊지 않고 외쳤다.

"배도 부르니 이번에는 칵테일이나 한잔할까?"

어린 병아리들이 엄마 따라나서는 것처럼 자연스레 지하

철역 근처에 있는 칵테일 바로 향했다. 난 술을 잘 못 마셨다. 하지만, 도담도담 거리는 술자리가 좋았다. 한잔하고 술기운이 좀 올라오면 평상시보다 말이 잘 나오고 왠지 즐거웠다. '많이 먹으면 안 돼!'라는 마음은 늘 있었으나, 여전히 자리를 지켰다.

칵테일은 색깔이 예뻤다. 파르라니 바다향이 날 것 같은 '블루스카이', 오렌지주스가 들어간 '스크루 드라이버', 바의 단골 메뉴인 '마티니', 칵테일의 왕 '진토닉', 칵테일의 여왕 '맨해튼', 달콤한 '옥보단', 빨간색의 '파우스트', 《노인과 바다》를 쓴 헤밍웨이가 잘 마신다는 '모히토' 종류가 참 많기도 했다. 당시에 나는 칵테일의 이름을 거의 몰랐다. '음, 빛깔이 참 곱구나, 참 맑다.' 호기심에 한 입 먹어보기도 했다.

'비싼 돈 주고 이걸 왜 먹나? 분위기 값이겠지!' 생각했다. 선배는 이거저거 한입 맛보기를 권했다. 맛보아도 무슨 맛인지 도통 모르겠고 무심하게 '이 칵테일은 이런 맛이 나는구나!' 그저 고개를 끄덕일 뿐이었다. 다음에는 새까만 칵테일을 권해 주셨다. 한입 맛보니 싸했다. '꽤 진해서 좋네!'

갑작스레 홍어 이야기가 어울리지 않지만, 삭힌 홍어는 '날것의 자연이 만든 폭탄 맛'이라고 하면, '블랙 러시안'은 '도시의 보도블록이 주는 쌉싸름하고 달콤한 맛'이었다. 첫맛에 깊은 곳을 자극했다. 좀 느낌이 있는 칵테일이라고 할까.

곰곰 생각해 보니, 커피 향이었다. 첫 입맛에 진한 알코올 향이 올라왔기 때문에 커피 맛은 나중에 알아차렸다. 커피의 위력인가? 마실수록 술이 깨어갔다.

"한 번 더 마셔볼래?" 선배가 한잔 더 권했다. 거절할 이유가 없었다.

이번에도 '역시 잘 선택했어.' 첫 잔과 달리 온몸에 온기가 느껴지고 전기 자극이 퍼져 나갔다. 옆에 있는 동료에게 느낌을 설명했다. 손끝과 발끝의 혈관이 꾸물거리기 시작한다고. 그는 내 말에 아무 반응이 없다. "그래?" 뚱한 표정으로 쳐다볼 뿐이었다. 이 정도가 되면 나는 그만 먹을 때가 된 것이다. 나는 가끔 취기를 빨리 알아챘고, 가끔은 무감각하여 정말 술이 술을 불렀다.

다음날이 되어 약간 피곤하지만, 그럭저럭 열심히 근무했다. '음, 술 먹어도 끄떡없군!' 이미지를 딱 심어주었다. 하지만, 두 번째 날이 문제였다. 몸이 내 몸 같지 않고 평상시의 행동보다 두 배는 느려지고 얼굴이 창백해졌다.

"얼굴색이 왜 그러지?" 옆자리에 앉아있는 부장님이 물었다.

"엊그제 먹은 술 때문인 것 같아요." 겨우 입을 뗐다.

"아니, 그게 아직도 남아 있다고?" 나보다 훨씬 큰 눈을 가진 부장님은 흰자위가 드러날 정도로 눈동자를 분주히 움직이며 고개를 절레절레 흔들었다. 알 수 없는 일이었다.

나의 최애 칵테일은 첫 직장에서 만난 '블랙 러시안'이다. 보드카 40mL에 칼루아 20mL와 얼음 두세 개를 넣어 만든다. '앱솔루트 보드카'는 담긴 병의 깔끔함만큼이나 투명하다. 스웨덴 술로 도수는 40%이다. 커피 칼루아는 진갈색이고 주정이 럼이고 커피 에센스를 첨가한 리큐어이다. 진갈색 병에 노란색 바탕의 빨간 글씨가 선명하여 보는 맛이 있다. 칼루아는 진한 커피 향이 나는데 달콤하다. 도수는 20% 이상이다. 달콤하다고 깔보면 안 된다.

블랙 러시안의 커피색은 다른 칵테일과 사뭇 달랐다. 색이 진한만큼 새내기의 삶을 진하게 위로해 주었다. 어느 날은 집에서 칵테일을 만들어 먹겠다고 마트에 가서 앱솔루트 보드카와 칼루아를 병째로 샀다. 블랙 러시안을 다시 찾게 하는 보드카, 칼루아, 얼음의 적정 비율을 즐겼다.

첫 직장은 신생 회사로 고전을 면치 못했다. 축구에 입문한 어린 선수가 찬 '똥 볼'과 같았다. 그런데도 인간미 흐르는 똥 볼이었다. 새내기는 직장에서 나만의 포지션을 찾으려 무수히 발길질을 반복했다. 나를 돋보이게 하는 황금 비율을 언젠가는 찾겠지. 블랙 러시안처럼 진한 감동을 만들겠지.

아파트 담을 넘다

　같은 아파트에 대학 친구가 살았다.

　대학교 1학년 때 처음 만난 친구 중의 한 명이었다. 학교가 마냥 낯설 때 캠퍼스를 걷다가, 수업을 들으러 가다가, 점심을 먹으러 식당으로 향하다가 결성된 패거리였다. 고등학교를 1년 늦게 갔더니 다들 동생이었다. 덩치는 나보다 훨씬 컸지만, 내가 오히려 동생처럼 앳되게 보였다. 학년이 바뀔 때마다 마음에 맞는 친구는 한두 명씩 있었다. 내게 고등학교 시절은 외롭다 못해 슬펐다. 하여 대학이 주는 자유만큼이나 자연스럽게 만난 친구들이 무지 좋았다. 나 포함하여 여섯 명이었다. 나이는 내가 제일 위이고, 한 살 아래로 네 명, 두 살 아래로 한 명이었다. 잘 뭉쳐 다녔다.

친구는 나와 출퇴근이 매우 달랐다. 학원 영어 강사여서 아침은 늦게 출발하고 저녁에도 늦게 왔다. 언제 오고 가는지 난 본 적이 없었다. 난 매일 일찍 자고 일어나야 하는 출퇴근 거리라 친구를 만날 수가 없었다. 궁금하여 가끔 저녁 늦게 '딩동' 하고 벨을 눌러 보지만 안에서는 아무 기척도 없었다.

'왜 매번 없는 걸까? 나는 보고 싶은데.'

'내가 같은 아파트에 있다는 게 불편한 일일까?'

애인 사이도 아닌데, 괜한 소설을 혼자서 써댔다.

'아니야! 바빠서 그러겠지. 뭐! 근데 전화 한 통만 해주지. 가시나? 되게 밉네.'

한참을 친구네 집 문 앞에서 서성거리다 뾰로통해져 돌아섰다.

그러던 어느 날, 드디어 친구를 만났다. '웬일이야!' 저녁 이른 시간에 집에 있었다.

"반갑다. 잘 지내고 있지? 넌 도대체 언제 회사 가서 언제 도착하는 거야? 밥은 먹고 다니니? 너 이러는 걸 엄마는 알고 계시니? 너 회사 일은 핑계고 술 퍼먹고 저녁 늦게 다니는 거 아니야? 조심해서 다녀야지? 서울에 친척도 없으면서 이렇게 늦게 돌아다니고. 도대체 왜 그렇게 사니? 네가 내 친구니까 대학교에서도 성실한 거 아는데, 서울에 와서 제대로 사는 거 맞아? 우리 그러지 말고 꼬박꼬박 만나는 날을 정하는 게 어때? 난 네가 잘살고 있는지 궁금해 죽겠다고!"

친구 윤희는 그냥 배시시 웃고만 있었다. 나 말고 다른 사람은 다 눈이 큰 가부다. 큰 눈이 서글서글하게 말을 했다.

'별것도 아닌데 애가 왜 이리 심각할까?' 하는 눈빛이었다.

"그냥 잘 지내고 있어." 친구는 더 말하려다 멈췄다.

내가 살고 있는 아파트는 10시 30분이면 문을 닫았다. 엥? 서울 하늘 아래 그런 곳이 어디 있어? 할 것이다. 시골 살림에 서울 생활이 막막하여 처음엔 이모네 집에 묵었다. 이모는 초등학교 다니는 아들이 둘이었다. 개구쟁이지만 착했다. 사촌 누나인 나를 잘 따랐다. 몇 개월 살다가 서울 생활을 좀 알면 다른 곳으로 가려고 마음먹고 있었다.

깨복쟁이 옆집 친구 혜영이도 서울에 살았다. 서울에 살려면 어디서 어떻게 지내면 되는지 물었더니, 자기가 처음 살았던 아파트를 소개해 주었다. 지방에서 올라오는 여성 직장인을 위한 아파트가 서울에 세 곳이 있는데, 가보라는 것이었다. 경비도 저렴하고 방을 같이 사용하는 룸메이트가 있고 자그마하지만, 충분히 넉넉한 아파트였다. 주택보다 훨씬 편했다. 단, 통금시간이 있어서 지정 시간까지만 아파트 출입이 가능하였고, 이후에는 문이 잠겼다. 학교 기숙사와 비슷했다.

그러나 사감 선생님은 없었다. 저녁마다 인원 점검을 하지 않아서 자유로웠다.

세 군데를 다 돌아보았다. 거리는 좀 멀어도 주위 환경이 쾌적한 아파트로 골랐다. 영등포구에 있는 아파트는 저녁에 공장단지를 지나야 해서 으스스했다. 중랑구에 있는 아파트는 밀집된 주거 지역이라 주변 환경이 다른 건물로 빽빽이 둘러싸여 있어 갑갑하였다. 내가 선택한 곳은 주변에 넉넉한 공간이 있어 여유로웠고 버스 정류장과 가까워서 이동이 편리했다. 이모네 집에서도 가까웠다. 이모는 김장 김치를 가져다주기도 했다.

윤희가 서울 온다고 했을 때 내가 사는 곳을 알려주었다. '다행이다.' 같은 처지라 주거비도 저렴하고 교통편이 좋은 곳을 알려 줘서 내심 기뻤다. 근데, 윤희를 집에서 볼 수 있는 건 하늘의 별 따기였다.

"윤희야! 통금시간도 있는데, 저녁에 늦으면 어떻게 집에 들어와? 넌 애들 가르치고 나면 늦잖아? 그리고 늦게 회식이라도 해봐. 그러면 꼼짝없이 택시 타고, 들어와야 하는데, 아파트 출입구는 제시간에 닫히는데 어떡해? 어디 따로 갈 때나 있니? 친한 직장동료가 있기는 해?" 쉬지 않고 묻는데, 알 듯 모를 듯 윤희의 입꼬리는 배시시 올라갔다.

"아! 그게~ 담을 넘어~ 하하하~"

"담을 넘어? 거기에 비상등도 있고, 철조망도 있어. 게다가 경비실 아저씨가 순회하기도 한다고! 가능하기나 하니?"

"잘 보면 넘어볼 만한 담이 있어. 그러니까 담을 둘러싸고 있는 흙이 다른 곳보다 높은 데가 있는데, 밟고 올라가면 담을 넘어갈 정도는 돼. 내가 잘 봐 뒀지. 한밤이라 경비실 아저씨도 주무셔."

'도대체 몇 시에 오면 경비실 아저씨도 깨어나지 못하는 걸까?'

"그래! 매번 그랬다는 거야? 얼마나 자주?"

"일주일에 두세 번"

"와~ 대단하다!"

'내가 직접 확인해야겠어.' 다음 날에 아파트 주변을 살펴보았다. 내 키보다 살짝 높은 담이었다. 담을 따라 장미 덩굴이 있고 작은 나무가 여럿 있었다. 얼키설키 철조망도 있고, 비상등도 있었다. 언뜻 보기에도 높은 흙더미가 있었지만 내가 담을 넘을 수 있을지 의심스러웠다. 친구처럼 필살기로 하면 가능할지도 모르겠다. 내가 알기론 내 운동 신경이 그 친구보다 더 나을 것 같은데, 운동 신경보다는 도망가다가 만난 막다른 골목에서 필살기 담 넘기란 말인가? 난 도둑이나 된 듯하고 마음이 조려서 고개를 흔들었다. '나는 모르는 담이다. 남의 이야기다.' 이후에는 두 번 다시 그 담을 넘겨다보지 않았다.

친구는 대학에서도 유별났다. 학과 공부도 열심이었다. 학과 공부와 무관하게 경영학, 경제학, 심리학 수업을 수강했다. 친구는 학년이 올라갈수록 바빴고 학교 수업 시간과 기숙사에 오갈 때만 마주칠 수 있었다. 중앙도서관에 갔다가 출입문에 붙어 있는 고득점 토익점수 명단에 당당히 등극한 친구의 이름을 보았다. 그런 친구가 졸업 후에 영어 강사가 된 것이다.

학생들은 취업의 압박감이 있었다. 굳이 묻지 않아도 알 수 있었다. 물론 낭만도 있었다. 남자, 여자기숙사 중 같은 호실의 그룹 미팅, 학과 페스티벌, 선배가 주선해준 소개팅도 있었다. 선배들과 탁구도 하고, 축제 때 같이 막걸리를 먹었다. 도서관에서도 자주 마주쳤다. 자유스러운 캠퍼스 못지않게 다들 앞날을 위한 고민 속에 빠져있었다. 친구 또한 매사 열심이었다. 그러기에 아파트 담까지 넘어가며 직장생활을 끌어가는 친구가 고맙고 서글펐다.

새벽 열차에 몸을 싣다

내가 서울에서 내려오면 친구들은 두말하지 않고 나를 만나러 나왔다. 대학교 교정을 걷는 만큼 우리를 똘똘 뭉치게 하는 것도 없었다. 단과대학 주차장에 교수님의 허름하고도 포스 강한 포니 자동차가 주차되어 있는지 기웃거렸다. 건물 바로 앞에 아담한 호수가 있었다. 유유자적 호수를 누비는 오리나 물고기를 건져보겠다고 고무 튜브 배를 띄워 호수를 헤집고 간 사건은 언제나 화제였다. 빠져 죽은 이는 없었던가? 축제 때 생일을 맞은 학생은 호수에 투척 되었지! 캠퍼스 일화는 언제나 훈훈했다. 광역시 현지 주민인 친구들이 매번 상기시켜 주었고 내가 굳이 다 기억할 필요 없는 호사를 누렸다. 감탄사를 연발하면 되었다.

아~ 좋은 시절만큼이나 그리웠다. 그리울 때마다 대학 시절 누볐던 캠퍼스에서 만났다. 5년 정도 반복되었다. 친구들과 만나 밥도 먹고 카페에 들러 수다 떨다 다음날에야 내가 나고 자란 부모님이 계시는 시골집에 갔다. 또 하나의 행복은 고향을 찾는 것이었다. 뭐니 뭐니 해도 초록빛과 향이 싱그럽다. 눈을 감아도 눈을 떠도 살아 움직였다.

서울로 복귀하기 위한 행보는 느렸다. 어찌하면 시골에 더 오래 머물러 볼까 궁리했다. 기차 예약도 일부러 뒤로 미뤘다. 집에 도착하자 다들 언제 가냐고 물었지만, '천천히 가지 뭐!' 내 대답은 뜨뜻미지근했다. 결국 한 저녁에 출발하는 기차를 선택했다. 예나 지금이나 주말에 상경하는 기차는 예약이 빨리 끝났다. 집에서 서울까지 가는 기차는 딱 두 가지, 이른 아침이거나 늦은 저녁이었다.

'이제, 가야지!' 끙끙거렸다. 엄마가 정성스레 싸 준 음식을 두 손 무겁게 들고 시골집을 나섰다. 먼 거리 외에도 짐이 있으면 갈아타는 차편은 금물이다. 늑장 부린 터에 예약 좌석이 없으니 힘들기는 마찬가지였다. 기차 안 승객들은 자리에서 조는 사람이 태반이었다. 출입구 바로 옆이나 통로에 여유가 있는지 구석구석 두리번거려도 마땅한 데가 없었다.

지나가던 승무원 아저씨가 손짓했다. 무슨 일인가 싶었다.

"내가 기차 내를 순회해야 하니, 자리에 계속 앉을 새가 없거든. 나 따라 와 봐요."

안내해준 곳으로 가보니 기차의 머리, 기관석이었다. 운전하는 곳 말고, 한쪽에 앉을 만한 좌석이 하나 있었다. 기차 예매에서는 볼 수 없는 좌석이었다.

기관석 출입문을 닫으려다 말고 뒤돌아 사람이 가득한 객실을 휘둘러보았다. 우리 집 밥상도 식구들로 가득했다. 할머니, 아버지, 언니, 오빠 여럿, 나, 큰 밥상을 빙 둘러앉아 비좁았다. 엄마는 늘 부엌일을 핑계로 식사가 마무리되는 무렵에 방으로 들어오셨다. 식구들의 젓가락은 반듯하고 먹기 좋은 생선 몸통으로 분주히 왔다 갔다. 엄마는 남아 있는 생선에서 양은 적지만 쫄깃한 볼때기를 찾아내었고 그마저도 내게 맛보라며 건네주곤 했다. 좌석과 통로를 다 채운 빽빽한 기차 안에서 아저씨가 안내해준 기관석은 엄마가 늦은 저녁 식사에서 찾아내는 어두육미처럼 특별한 구역이었다.

"괜찮지? 그래도 앉아서 갈 수 있잖아!"

"와! 감사합니다." 꾸벅 절하고 냉큼 자리에 앉았다. 다른 사람들이 지나가지 않아 불편함이 없었다. 1분, 3분, 5분이 지나면서 내 귀가 내 것이 아니었다. '윙', '철커덩 철커덩' 기관차의 소음이 공사장 못지않았다. 앉아있어 편한 듯했으나, 자다 깨다 반복하고 시끄러운 기계 소리가 온 정신을 지배했다. 혼미한 머리를 감싸 안았다.

드디어 기차에서 내렸다. 세상 살 것 같았다. 비몽사몽의 요란한 기차여행이라고나 할까? 기차에서 내려서도 두어 시간은 귀에서 기관차 소음이 계속 있었고, '다음엔 꼭 기차 예약하자.' 결심했다. 지하철은 끊겼다. 한강을 지나쳐 가는 버스를 타고 '지금 가면 난 어디로 가야 하나?' 고민했다. 내가 사는 아파트는 통금시간이 있어서 새벽 시간에는 못 들어갔다. '윤희에게 아파트 담 넘는 기술을 익혔어야 하는데.' 잠시 생각할 뿐, 여전히 내키지 않아 머리를 세차게 도리질했다.

할 수 없어 바로 회사로 출근했다. 겨울이라 난로를 지피고 잠시 있으니 전화벨이 울렸다. 받을까 말까? 잠시 고민되는 순간이었다.

"확인 전화를 드렸습니다." 남자가 말했고 전화는 금방 끊겼다. 소방서였다.

화재나 도난 등 문제 발생을 우려했나 보다. '다들 자는 이 시간에 전화가 올 수도 있구나! 내가 있는 이곳이 꽤 괜찮은걸!' 안심했다. 길 건너의 소방서는 회사 건물이 내다보이는 거리에 있었다. 투철한 안전의식을 가진 소방서 직원은 새벽부터 이웃 건물에 불 켜진 모습을 보고 무척이나 걱정했으리라.

일찍 서울에 도착하고 싶은 마음과는 달리 주말이면 또다시 늦은 귀가가 되어 가끔 한숨이 났다. 그러다 생각난 곳은 출퇴근길 중간쯤에 있는 친구네 집이었다. 지하철역에서 한참 들어가 있는 주택가였다. 한번 가본 적이 있었다. 처음 지하 방을 보았다. 낮에도 전등을 켜야 했다. 지하 1층에 나지막한 천정이 있었고, 공용 화장실이 복도 가운데에 있었다. 공간이 협소하지만 있을 건 다 있었다. 가는 중에 친구에게 전화했지만 받지 않았다. 자고 있어서 전화 못 받나 싶었다. 양해를 구하고 몇 시간만 눈 좀 붙이고 출근하려 했다. 친구네는 방문이 잠겨 있었고 아무런 기척이 없었다.

직장인의 일상은 아침저녁의 출퇴근, 낮 동안의 업무, 가끔 있는 퇴근 후 모임이다. 집에 머무를 시간은 별로 없다. 주말이면 친구들과의 약속이나 나들이로 더더욱 집에 있을 일이 없다. 시골 친구는 결혼한 오빠가 근처에 살아서 오빠 집에 자주 간다고 했었다. 그제야 친구가 집에 없을 상황을 가늠했다.

'가시나! 내가 필요할 때는 집에 없어. 친구가 좋다는 게 뭐야? 아무 때나 가도 받아줄 수 있는 게 친구지.' 야속한 마음만 가득했다. 청춘들이 집에 있지 않음을 부정하지 않는다. 당시의 나 또한 집 밖에 있지 않았던가! 방문 앞에 발을 딛고 올라가는 자그마한 계단에 쪼그리고 앉아 쪽잠을 청했다.

'친구도 잘 지내겠지?' 어릴 적 동네 이곳저곳을 활보하며 뛰놀던 개구쟁이를 떠올렸다. 우리 동네는 1반, 2반, 3반이 있었다. 이 친구는 수로를 따라 더 동쪽으로 위치한 3반 마을에 살았다. 내가 사는 2반에 가끔 놀러 와 재밌게 지냈다. 가장 친한 옆집 친구는 엄마가 시장에서 과일 장사를 했다. 친구네 앞마당에서 모여 고무줄놀이를 실컷 했고, 친구가 내어 주는 과일을 한입 물고 즐거워했다. 해가 질 때까지 흙먼지를 날리며 껑충껑충 뛰었다. 머리를 넘을 만큼 높은 고무줄을 낚아채 보겠다고 힘껏 발을 굴렀다. 껑충 구르는 만큼 노래 부르는 목청은 커갔다. 환호성은 담을 넘어 우리 집 마당까지 건너갔다.

친구네 집 모퉁이는 우리 집의 헛간 귀퉁이와 마주 붙어 있었다. 헛간 한 가운데에 큰 감나무가 지붕을 뚫고 솟아 있었다. 심심하면 대롱대롱 매달린 감도 보고, 친구가 뭐 하는지 넘겨다볼 수 있었다. 엄마는 헛간 옆의 마당에서 빨래를 널다가 앞집 담 너머로 친구네 집까지 건너다보셨다. 환하게 웃고 계셨다. 시골을 떠나 기차를 타고 서울에 왔는데도 친구들과 엄마는 여전히 함께 있었다.

오늘 점심은
어디서 먹을까?

아침 일상은 달리기였다. 버스 타고 지하철 갈아타는 동안에 앉아서 가는 건 기대할 수 없었다. 버스에서, 지하철에서 끼여 가는 일만 없으면 다행이었다. 오전을 바쁘게 일하고 점심 먹기 삼십 분 전쯤에 대리님이 물었다. "오늘 점심은 어디서 먹을까?" 난 대답할 수 없었다. '시골 밥을 먹고 싶은데…'

시골 부엌의 아궁이는 잿더미 그을음이 많았다. 그도 정겨운 색감이었다. 재래식이라 바닥은 흙으로 다져져 있고, 평평하지 않아 울퉁불퉁했다. 아궁이는 다행히 시멘트로 발라져서 무쇠솥이 잘 버텼다. 나무로 만들어진 오래된 붙박이 찬장이 거뭇거뭇하게 변해 부엌에 들어서면 사방이 숯처럼 거뭇했다. 찬장 안쪽에 밥그릇과 국그릇이 가지런히 엎어져 있었고, 조그만 광주리에 향기 나는 과일이 제일 안쪽에 다소곳이 자리하고 있었다. 가끔 찬장 문을 열고 과일이라도 발견하면 배시시 웃음이 났다. '맛나겠다!'

아궁이에 불 땔라, 나물 반찬과 생선조림을 만드느라 엄마의 손은 분주했다. 학교 가는데 늦지 않을까 싶어 아이들을 깨우느라 연신 방안을 들여다보았다. 오빠와 나의 이름을 목청껏 불렀다. 사실 나는 방 안에서 누워 엄마의 일거수일투족을 꿰고 있었다. 달그락거리는 소리는 지금 국 끓이는 소리, 파, 마늘 다지는 소리이고, 지금쯤이면 반찬 하나가 완성되고 지금쯤이면 네 명의 도시락을 싸느라 눈코 뜰 새 없었다.

엄마는 아침 일찍 논에 다녀와서 마당에 들어서는 아버지를 한번 쓱 내다봤다. 벼들이 잘 자라고 있는지, 논에 물은 충분히 있는지 궁금해했다. 식사 준비 중에도 마루에 내려앉은 먼지를 언뜻 보셨는지 "이놈의 바람은 왜 이리 불어서 마루에 자꾸 앉는지 몰라." 투덜거리셨다. 지저분한 건 못 참았다. 팔팔 끓어오르는 솥단지가 넘치지는 않을까 한번 힐끔거렸다. 잠깐 사이에 걸레를 들고 마루를 쓱싹쓱싹 닦아내셨다.

아침 밥상 뚝딱 차려 오빠와 내게 밥상을 건넸다. "어서어서 먹고 학교 가라."

'엄마가 차려준 밥상이 세상에 제일 맛있다.' 시간에 쫓기지만 아침밥 거르는 일은 없었다.

잠시 시골 풍경에 빠져있을 즈음 대리님은 "어떤 종류 먹을래?" 다시 물었다.

"음~ 그냥 밥 먹었으면 좋겠어요." 이런 대답 같지 않은 대답을 하루도 빠지지 않고 듣는 대리님도 고역이었다. "그래? 난 아침밥 먹었는데. 난 양식이나 중식 먹고 싶다."

나 말고 대리님, 주임님은 모두 식성이 좋았다. 둘 다 서울 토박이인 데다가 다양한 종류의 음식을 좋아했다. 우물쭈물하는 나를 보고서 "에이~, 오늘도 한식 먹으러 가자." 대리님이 시원하게 말했다. 날마다 밥집, 전골집, 생선구이 집, 탕집을 고루 선정해서 나를 데리고 다녔다. 서울 생활이 4년째 되었지만, 서울 한복판에서 만난 문화는 나에게 늘 새로운 것들이었다. 퇴근하고 다 같이 저녁을 먹는 날이면 "오늘은 꼭 내가 좋아하는 양식 먹는 거다." 대리님은 나에게 눈을 한 번 흘리고는 껄껄껄 웃었다.

나는 고등학교 자취생활 동안 아침밥을 꼬박꼬박 스스로 챙겼다. 엄마가 챙겨 주신 밑반찬과 함께 돌돌 곱게 말아서 만든 계란말이를 점심 도시락으로 준비했다. 대학 시절은 기숙사 식사 시간에 맞춰서 아침 식사를 했다. 가끔 늦잠도 자고 거르고 싶지만, 부모님이 애써 마련해주신 식비를 허투루 낭비하고 싶지 않았다. 무엇보다 내가 해 먹는 밥보다 남이 해주는 밥이 편했다.

회사 출근 시간은 매일 팍팍했다. 생활비를 아끼려다 보니 저 멀리 광명에서 구로역을 지나 잠실이나 역삼으로 다녔다. 아침에 눈 뜨자마자 '늦지 말아야 할 텐데'를 되뇌었다. 룸메이트의 재촉하는 소리에 끌려다니다시피 했다. 룸메이트는 논산에서 나고 자랐다. 나보다 나이가 어리지만 강단지고 빨랐다. 출근 방향이 같았다. 룸메이트는 학교 다닐 때 2시간 거리를 버스 타고 매일 다녀서 이 정도의 출근 거리는 이골이 났다나. 참 부럽기도 하지만 학교 다니는 데 2시간을 소비했다 생각하니 어질했다.

난 사실 그리 부지런하지도 않고 겨우 제 시간만 맞추는 정도였다. 출퇴근 거리가 멀다 보니 하루도 편안한 날이 없었다. 오고 가는 피곤함이 주말이면 꼼짝없이 집에서 잠을 청하게 했다. 지금은 없어진 토요일 오전 근무는 왜 이리도 좋은지, 대낮의 퇴근이 부담스러워 무얼 하나 고민에 빠졌다. 부장님, 대리님은 같이 시간을 보내줄 것도 아니면서 내가 오후에 뭘 하려는지 꼬박꼬박 물었다. '집에 들어갈까? 가는 길에 어디 쇼핑이라도 할까?' 생각 끝에 컴퓨터 학원에 다녔다.

'어휴, 매주 남는 시간이 이렇게 괴로울 줄 누가 알았나! 집에서 실컷 잠이나 자고 싶은데….' 맛있는 밥을 먹을 수 없으니 만족스럽지 않았다. 주중이나 주말이나 채워지지 않는 삶이었다.

직장생활이 팍팍한 걸까? 아니면 서울 생활이 팍팍한 걸까?

한번은 서울에 사는 여러 친구를 주말에 만났다. 꼬맹이 시절에 동네 골목에서 뛰어놀던 친구들이 이제는 의젓한 사회인이 되어 제법 어른티가 났다. 자세히 들여다보면 어린 시절의 개구쟁이 앳된 모습이 얼굴에 남아 있었다. '고맙다. 친구야! 서울에서 너희들을 보니 마음이 한결 낫구나!'

그런데도 가끔 시골밥상이 어른거렸다. 잊지 못할 밥상, 밭에서 길러진 싱싱한 채소로 조물조물 만든 반찬과 바닷가에서 금방 잡아 온 해산물을 양념한 회무침, 잘 익은 김치와 고등어를 조린 찐한 고등어 김치찌개 등, 말하다 보면 끝없다. 기억을 더듬어서 손쉬운 음식을 만들어 보았는데, 제맛이 날라치면 감동이었다. '이만하면 내 손도 믿을 만하지!' 드문드문 느끼는 요리 왕초보의 만족감이었다.

몇 해 동안 아침밥을 거르는 미련한 짓을 했다. 직장생활도 자립을 위한 일상도 초년생이었다. 뱃속에서 '꼬르륵' 소리가 난 후의 늦은 식사는 몸을 축내기에 딱 좋았다. 집중력과 지구력이 떨어졌다. 깊이 생각하지 않아도 몸이 자연스레 반응했다.

일 잘하고 건강한 일상을 유지하려면 규칙적으로 잘 먹어야 한다. 아침마다 엄마가 외치는 소리가 떠오른다. '밥 먹어라!'

이제는 내가 엄마가 되어 내 아이들에게 외친다. '밥 먹자.'

라면은
인천 앞바다에서

직장 경험이 많지 않아 늘 새로웠다.

좋은 듯하다가도 겁이 나고 또 하다 보면 괜찮았다. 이번에 들어간 회사는 무역업이었다. 회사가 바뀌었어도 나는 같은 업무를 했다. 회사에 사장님이 두 분이었다. 한 사람은 외부에서 영업을 많이 했고, 한 사람은 내부에서 회사를 경영했다. 두 사람의 외모는 매우 달랐으나 오랜 친구처럼 죽이 잘 맞았다. 내가 본 사장님은 늘 인자하고 너그럽고 카리스마가 있었다. 사장님 정도 되어야 성공한 사람인 듯했다. 부장님, 차장님, 대리님, 주임님, 기사님, 그리고, 나, 나중에 한 명의 기술 담당 사원이 들어온 게 다였다.

자그만 회사지만 경제 사정은 정말 좋았다. 사장님 지시가 있으면 점심 먹을 때 횟집이나 고깃집으로 갔다. '와~' 첫날부터 이전 회사와 다른 분위기에 놀랐고, 넉넉한 마음 씀씀이에 감동했다. 대장 언니 대리님은 회사 살림을 다부지게 챙겼다.

나의 업무는 방사선안전관리였다. 회사는 병원 핵의학과에 진단용 방사성물질을 판매했다. 유럽, 호주, 중국에서 수입하고 공항에서 통관하여 병원에 납품하는 일이었고, 이동 경로를 정확히 보고하는 임무가 내 일 중의 하나였다. 물론 회사 내에 물품을 저장하는 시설은 이미 규제기관의 허가 승인으로 안전하게 유지되었다. 난 매번 매의 눈으로 규정이 잘 지켜지는지 관리하고, 물품이 안전하게 병원까지 도착하는지 확인하고 기록했다.

나는 길치인지라 몇 해 서울에 살았지만, 여전히 서울 지리를 몰랐다.

구로 안암동 고려대병원, 수원 아주대병원, 경희대병원, 강원도와 전라도의 대학병원 등에 대한 차량 이동 거리, 도착할 수 있는 시간을 알면 업무에 도움이 되었다. 다이어리 뒤편의 서울 지도를 연신 살폈다. 납품하고 난 후 사무실에 돌아와 정산하고 서류 정리하기 바쁜 선배에게 오늘 병원에 잘 갔다 왔는지, 중간에 차는 안 막혔는지, 특이 사항이 있었는지 꼬치꼬치 캐물었다. 이동 경로와 시간을 매일 묻고 또 묻는 일상에서 짜증을 내지 않고 대답해 주니 감사했다. 6개월 정도 지나니 납품 서류만 보고도 오늘은 어떤 곳을 더 먼저 가고 어떻게 해서 갔을지 짐작할 수 있었다.

가끔은 나에게도 물품 운반일이 주어졌다. 사무실에 있다 보면 다급한 목소리의 비상 전화가 왔다. 직원이 모두 외근 중이어서 마땅한 사람이 없으면 사장님이 직접 납품하셨다. 그도 어려우면 조심스럽게 나에게 부탁했다. 어디로 어떻게 가라고 조목조목 지시해 주었다. 나는 철부지처럼 신나서 "다녀오겠습니다." 외치며 사무실을 나섰다. 두려움이 앞섰지만, 간만에 바깥 공기를 마실 수 있었다.

"우리 야유회 갈까?"

어느 봄날 사장님이 툭 내뱉듯이 말씀하셨다. 해외에서 들어오는 물품을 취급하느라 토요일에도 통관 담당 직원은 몹시 분주했다.

"그래서 미안한데, 통관을 좀 이른 시간에 할 수 없나?" 사장님은 말씀하셨다. 야유회 가려면 가까운 곳이라도 이동 시간과 즐길 시간을 넉넉히 확보해야 하기 때문이었다.

"까짓것 해봐야 줘." 시원시원한 주임님이 말했다.

'에구, 얼마나 바삐 서둘러야 할까?' 짠하지만 몇 년 동안 해 와서 이골이 난 일인데 '그 정도는 해야 선배지!' 생각했다.

난 회사에서 막내라 그냥 또 따라나서면 되었다. 어디를 가려나 궁금했다.

"인천 앞바다에 낚시하러 가자."
'와! 이 꽉 막힌 도시를 떠나 바다로 간다.'

정말 좋았다. '세상에 배를 빌려서 바다로 나가려면 또 얼마나 돈이 드는 걸까? 낚시는 잘 되는 거고? 뱃멀미는 안 하겠지?' 너무나 좋은 나머지 바로 엄마, 언니에게 전화해서 알렸다.

인천 앞바다에 도착하니 짠 내음이 이런 것이었나 싶을 정도로 바닷바람이 살랑이고 갈매기는 끼룩끼룩 날아다녔다. 바다 위에 배도 있지만 지나가는 사람 또한 많았다. 사람 구경, 배 구경, 갈매기 구경, 아이고, 정말 신났다.

"탁" 하는 소리와 함께 시커먼 물이 배 난간으로 튀고 옷에도 뿌려졌다.
"어? 이게 왜 이래요?"

낚시하다 걸린 갑오징어의 필사적인 방어시스템으로 먹물은 사방으로 퍼져서 배 위에 있는 모든 사람을 놀라게 했다.

나는 주꾸미를 낚아 손으로 잡을 때 꼬물거리는 것이 무서웠다. 자꾸만 움찔거렸다. 낚싯바늘에서 빼야 하는데 미끄덩거렸다. 기겁하여 옆에 서 있는 사람을 부르기 바빴다. 양동이 물속에 주꾸미를 쏙 넣는 것을 보고야 안심했다. 양동이 속에서 꾸물꾸물 기어 다니는 주꾸미를 내려다보며 흐뭇했다.

부부 동반, 친구도 초대해서 배 안은 북적거렸다. 물고기를 하나하나 건질 때마다 네 것 내 것 상관없이 환호성을 질렀다. 사장님은 노래미만 잡아 올리는 부부의 일심을 칭찬했다. 나는 우럭, 노래미, 주꾸미 등 날것을 바다 위에서 처음 보았다. 낚싯줄에 동동 매달려오는 물고기가 왜 그리 반가운지 하루 종일 배 위에서 지내고 싶었다.

금강산도 식후경이다. 낚시 즐기는 틈을 타 선장님은 주꾸미 라면을 끓였다. 바다 위의 배에서 해물라면 먹는 맛이 기가 막혔다. 갓 잡아 올린 신선한 물고기도 두툼하게 회 떠서 초고추장을 듬뿍 찍어 먹었다. 서울 객지 생활의 고단함이 한 번에 사라졌다.

고깃배 체험 후에 인천 송도에 바이킹을 타러 갔다. 해적이라도 된 듯 의기양양하게 바이킹 맨 끝에 앉았다. '이쯤이야! 뭐.' 의기양양했다. 하늘 높이 오르는 순간 어질어질했다. 공중 한가운데서 몸이 의자 밖으로 빠져나갈 것만 같았다. 쿵 떨어지는 아찔함에 두려움 반, 신남 반이었다. 역시 두려워야 재미도 더하다. 너무 겁이 나면 남몰래 눈감고 팔에 잔뜩 힘을 주어 버렸다. 바로 옆인데도 다들 소리 지르느라 나를 들여다 볼 새도 없었다. 해가 지고 어둑어둑해질 때까지 재밌는 놀이를 찾아 기웃거렸다.

시간은 잘도 갔다. 가을이 찾아왔다.

사장님은 "우리 제주도에 갈까? 물품은 매번 해외에서 물 건너서 오는데, 우리도 비행기 한번 타봐야지!" 하셨다.

'아! 제주도!' 또 한 번 눈이 휘둥그레졌다.

"그날 무조건 일정 마무리하면 다들 합류하는 거다."

"늦게 출발하는 팀은 제주도 숙소에서 만나는 거야."

내가 고등학생이 되었을 때는 설악산 수학여행이 없어지고 제주도 여행이 막 시작되었다. 바람, 돌, 해변, 햇볕이 좋았다. 첫 번째 만난 제주도의 늦봄은 어린 마음을 요동치게 했다. 두 번째 만난 제주도의 가을은 풍요로웠다. 회와 해산물을 잔뜩 먹었다. 사장님은 시간이 아까워 화장실도 오래 머물지 않도록 재촉했다. 제주도를 크게 한 바퀴 구경하기란 1박 2일로는 업무만큼이나 강행군이었다. 황금빛 귤이 영글고 나뭇잎은 싱그러웠다. 들이나 마을에 가지런히 쌓인 돌담은 경계 있

는 행복을 전했다. 자연의 풍성함을 눈에 가득히 담았다. 무엇
보다도 넉넉한 회사 살림살이에 감사했다.

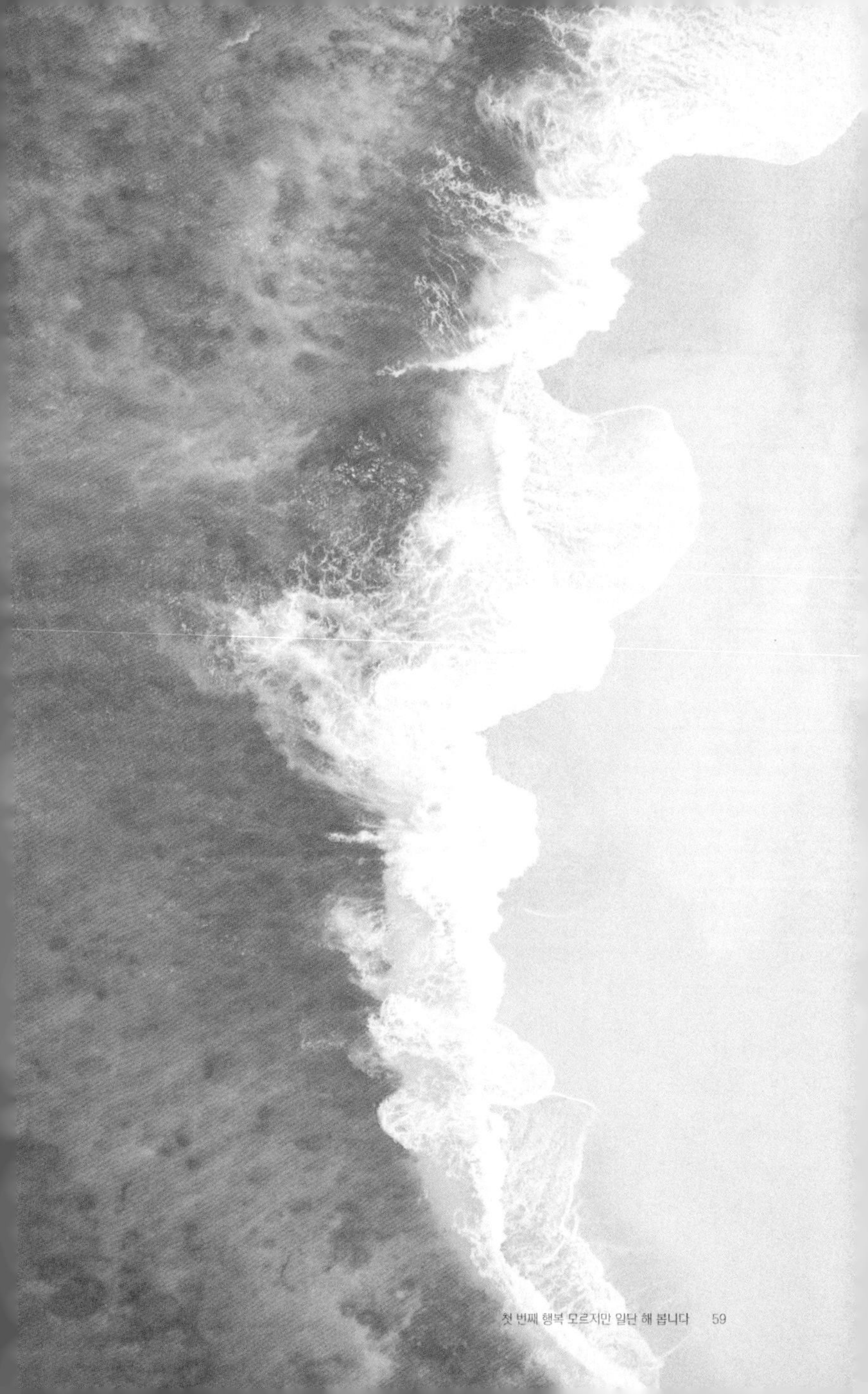

내가 태어난 것이 내 뜻이 아니었고, 외모와 성격도 유전이 대부분이다. 살다 보니 이거저거 깨달아 간다. 없는 것을 바라기보다는 주어진 것에 의미를 찾고 마음 가볍게 살아가기를 말이다. 나에게만 있는 고유함을 알아내고 품격 있게 살아가는 것이 내 삶의 과제인 듯하다.

두 번째 행복
직장 세포 키우기

잠들어 있는
세포 깨우기

전화벨이 울렸다.

"여보세요?" 일하다 말고 복도에 나와 전화를 받았다.

"손지오 님! 맞는가요?"

"네, 맞습니다만, 어디 신가요?"

낯선 전화번호를 계속 머릿속에 그리며 물었다.

내가 살아보지 못한 지방에서 걸려 오는 전화번호는 당연히 궁금할 수밖에 없었다.

'이게 뭘까?' 전화기 속까지 들어갈 것만 같았다.

기대하지 않고 보냈던 이메일의 수신자였다.

"아니, 이메일을 이렇게 보내면 어떡합니까? 이력서도 좀 첨부해야지. 이력서에 학교, 경력, 자격증 등 좀 더 알 수 있게 다시 보내주세요."

아, 생각해 보니 이메일에 딸랑 이름과 학교, 자격 사항에 대해 딱 세줄 정도 쓴 듯했다. 지금 와서 생각해 보니, 까마득한 옛 이름이 되어 버린 '네티앙' 메일을 이용했던 것 같기도 하다. '맞아. 그렇지.' 다시 생각해도 너무 짧았다. 퇴근 후 저녁에 답장을 보냈다. 또다시 연락이 왔다. "우리는 토요일이 편하니, 그때 와요."

서울에 겨우 익숙해지려는 순간 대전에서 면접이라, '될지 안 될지 모르겠지만 한번 가보자. 손해날 일은 없을 것 같은데.' 생각했다.

가슴이 많이 두근거렸다. 거리는 낯설었지만, 가로수가 정갈했다. 건물이 띄엄띄엄 있어서 한적했다. 회사는 통유리로 둘러싸인 건물이어서 깨끗하다는 이미지로 다가왔다. 면접자는 나를 포함하여 세 명이었다. 두 분의 면접관은 같은 이야기를 세 사람에게 고르게 물었다. 그래서인지 셋의 대답은 별반 차이가 없어 보였다. 내 생각으로 다른 지원자의 경력이 더 나아 보였기에 나는 결과에 대해 별반 기대하지 않았다.

며칠 지나서 연락이 왔다. "언제부터 올 수 있나요? 좀 빨리 올 수 없을까요?"

"현재 근무하는 곳의 업무를 정리해야 하니 최소 한 달은

걸릴 것 같습니다." 대답했다. 다니는 회사에도 이를 알렸다. 사실, 회사에서는 직원의 연봉 협상이 바로 한 달 전에 있었다. 갑작스러운 나의 이직 통보로 인해 다들 의아해하는 얼굴이었다. 내가 연봉에 불만을 느끼고 그런 것이 아니며 우연히 제의가 왔고, 다행히 내가 뽑혔다고 말했다. 이직할 회사는 지금까지 다녔던 회사와 달리 규모가 컸다. 무엇보다 서울을 떠날 수 있었다. '팍팍하다' '힘들다' 늘 짓눌린 출퇴근 시간으로 마음이 괴로웠는데, 잘 됐다 싶었다.

함께 일하는 시간이 많았던 대리님은 아쉽기도 하고 궁금하기도 한지 회사를 옮기기 전까지 나에게 이거저거 캐물었다. 당시는 연봉 협상으로 다들 마음이 어수선한 상태였다. 직원이 열 명이 채 안 되어서 개인의 역할이 뚜렷했고, 서로를 가족처럼 챙겨 주는 곳이었다. 적은 인원에서 한 사람이 나가려 하니 더 신경 쓰이는 것 같았다. 여하튼 상경 5년째에 지방으로 이직하였다. 무엇보다 고향과 가까워져서 기뻤다. 추석, 설날 명절에 차표 예약과 기나긴 귀경길로부터 자유로워질 수 있었다.

새로 시작하는 업무는 넓은 사무실에 앉아있는 순간도 어색했다. 가끔 지나가는 연구원들에게 인사했고, 이번에 새로 온 담당자임을 알렸다. 필요한 물품이 무엇인지 재고는 얼마나 있고 어디쯤 있는지 상세히 들었다. 나는 남을 이래라저래라해본 적이 없어서 처음에 같은 사무실에서 일하는 두 아주머니에게 말 건네기를 꺼렸다.

한 달이 지났다. 내 업무를 했던 전임자는 내가 일하는 곳에 자주 들렀다. 전임자는 연구 부서로 이동하고 난 후에 일을 해보니 자기와는 잘 안 맞는 것 같다고 했다. 나는 무슨 일을 하는지 궁금하여 한번 보기를 요청했다. 그야말로 연구실이고 실험실이었다. 나는 회사에 입사한 후 담당한 일이 전 회사에서 했던 일과 흡사해서 지루하다고 생각했다. 둘은 상황이 이러하니, 팀장님께 업무에 관해 이야기해 보자고 의견을 모았다.

"그냥 바꾸면 되지." 팀장님은 별일도 아니라는 듯 쉽게 말했다. '이게 웬일인가!' 둘은 서로의 업무를 바꿨다.

난 대학 시절에도 직장생활을 시작하는 순간에도 연구소에서 일할지 꿈에도 생각해 본 적이 없었다. 학비가 저렴한 대학교를 찾다 보니 학과 선택에서 찬밥 더운밥을 가리지 않고 지원했다. 전공이 맞지 않으면 맞는 공부를 다시 찾으면 될 거라 믿었다. 생활비를 줄이기 위해 기숙사에 들어가려다 보니 학점관리는 필요했다. 학점이 좋으면 취업에 나쁠 게 없었다. 하여튼 내게 남는 기록이 허접한 것은 정말 싫었다.

내가 배웠던 지식을 써먹는 분야에서 일한다는 사실이 얼마나 좋은지 그제야 알았다. 당시만 해도 내 직무는 공학 전공자가 공부했다. 그래서 막상 제약회사 연구소에 들어오면 답답함을 호소하고 얼마 지나지 않아 그만두었다. 뒤늦게 안 사실이지만 생명과학을 기초로 한 전공자이고, 여직원의 꼼꼼함이 실험실에서는 유리하기에 내가 뽑혔다고 했다.

들뜬 마음으로 출근하였다. 처음엔 연구원들이 사용하는 전용 용어에 낯설었지만 좀 지나서는 사람 사는 데라 별반 차이가 없었다. 내가 맡아서 할 수 있는 염기서열분석과 짧은 유전자 합성을 위한 지식을 익혀 나갔다. 무지 흥미로웠다. 큰 유리판에 젤을 쏟아붓고 어느 정도 굳으면 시료를 주입했다. 분석 장비를 이용해서 시료의 DNA를 분석했다. 유전자 합성 장비도 쉴 없이 돌아갔다. 결과해석은 같은 팀의 전임 연구원이 함께해 주었다.

하루하루 해야 할 일들이 잔뜩 기다리고 있었지만, 다음날 하나씩 결과가 나오는 희열도 즐길 만했다. 내 공간인 실험실에서 시료를 분석하고 결과 해석하는 일은 무척 흐뭇했다.

사실, 처음에 실험실은 환경이 좋지 않았다. 유기 용매를 사용하니 냄새가 과하게 났다. 실험실 가득히 퍼지는 냄새를 해결하기 위해 후드를 설치한 후에 쾌적해졌다. 공간의 효율이 일의 효율로 이어졌다. 하고 싶은 일을 찾아 헤매는 나날은 사라지고 즐겁게 일할 수 있었다.

시골에 계시는 엄마는 막내딸의 전화를 좋아하셨다. 별일 없어도 전화기를 들 때가 많았다. 엄마는 미주알고주알 동네 어른들 이야기, 집안 이야기를 했다.

"내가 꿈을 꿨는데, 네가 나오더라. 인제 엄마는 안심이다." 엄마는 밑도 끝도 없이 말을 꺼냈다. 나는 엄마의 꿈에 단골손님이었다. 나 말고도 우리 가족은 엄마의 꿈에 자주 등장했다. 내가 들을 수 있는 건 주로 나에 관한 이야기뿐이기에 내가 엄마의 꿈에서 유일한 주인공인 듯했다. 이번에는 어떤 장면으로 엄마의 꿈에 나타났을까? 엄마의 꿈은 언제나 미궁이었다. 하지만, 엄마의 꿈 이야기를 들으면 기분이 좋았다.

엄마는 내가 들려주는 이야기와 꿈의 메시지로 막 시작된 딸의 행복을 감지하고 계셨다. 나는 엄마의 모성애가 주는 예지 능력을 믿었다. 든든한 지지자를 둔 딸의 본능이었다.

갓생을
부르다

'갓생'이란 말은 신을 뜻하는 'God'와 인생의 '生'을 합친 것으로 신처럼 사는 인생이다. 이른바 현실을 계획적으로 빈틈없이 열심히 살며 타의 모범이 되는 삶을 산다는 것이다. 난 내게 주어진 업무를 하나하나 헤쳐 나가려 마음먹었다.

첫 회사는 방사선 취급 면허를 취득하여 입사했다. 방사선은 의료, 산업, 교육, 연구, 식품에서 다양하게 쓰였다. 특정 방사성물질이나 방사선 발생장치를 사용하여 얻는 이로움이 분명했다. 방사선 안전은 법적 규정에 따른다. 회사의 고유 업종을 이해하고, 방사선안전관리의 공통사항을 적용하면 일이 효과적이다. 난 여러 분야의 경험을 쌓으려고 했기에 이직에 대해서 거부감은 없었다. 드디어 내게 잘 어울리는 일을 찾았다.

연구소는 다들 이야기하는 직장생활의 경쟁과 인간관계의 복잡함이 덜했다. 내가 알지 못하는 세계가 있을망정 당시의 내 눈에는 한없이 좋았다.

회사 내에 담당자가 혼자라서 외롭다 느낄 수 있으나 유일무이해서 문제 있을 때 내게 물으니 오히려 뿌듯했다. 혹 잘 알지 못하는 사항은 관계기관에 문의하면 되었다. 방사선은 그만큼 이득이 있어 이용하지만, 관리 차원에서 관리자나 사용자는 여전히 불편함이 존재하니 안전을 지키는 범위 내에서 간소화하는 일이 관건이었다.

입사 초반에는 자리에 앉을 새도 없이 불려 다녔다. 일명 신고하는 전화를 받고 재빨리 움직였다. 아무리 잘 관리했더라도 지정 구역에 놓여 있지 않은 물품이 발생했다. 제보에 감사했다. 내가 찾아다니는 것보다 훨씬 나았다. 연구소 구석구석에 뭐가 있는지 혼자서 알기란 힘들었다. 자기 부서더라도 퇴사한 연구원이 해 놓은 일을 남은 동료가 다 알기는 어렵다. 청소하다 구석에 박혀 있는 동전을 발견하듯 여기저기 숨겨진 물품들을 한데 모으고 정리했다. 불편하지 않았다. "발견하면 꼭 연락해주세요." 그때마다 연구원들이 마음 놓여 하는 표정을 볼 수 있었다.

가끔 방사선안전관리 업무와 분석업무가 동시에 밀려왔다. 그럴 때면 하루를 더 바삐 움직였다. 업체에서 오면 오는 대로 연락을 받고 분석 의뢰가 들어오면 일정을 알려주고 언제까지 결과를 주겠다고 약속했다. 가끔 시약이 딱 떨어져서 주문했는데도 납품되는 일자가 오리무중일 때도 있었다. 장비가 작동을 못 하고 서비스를 받아야 할 만큼 상태가 안 좋을 때도 있었다. 일을 시키면 잘하는 기기이지만 그도 오래 사용하면 달래가며 써야 했다. '나도 조금 쉬어도 되겠지.' 그 결에 잠시 휴식 시간을 가졌다.

　　그런데도 장비가 멈춰 있으면 못다 한 서류 작업을 하려고 문서를 꺼내 들었다. 방사선 교육 자료도 만들었다. 내 일이지만 두 가지 일을 하다 보면 어느 순간에 한두 가지 놓칠 경우가 있어서 문서로 꼬박꼬박 작성했다. 머리 복잡한 날 잘 생각이 나지 않을 때 꺼내 보면 좋았다. 그리고 누군가 설명을 부탁한다고 할 때 문서로 보내주면 명확하게 전달할 수 있었다.

　　일벌레까지는 아니었다. 그저 일이 좋았다. 일이 좀 늦게 끝나도 부담 없는 거리에 집이 있었다. 난 연구소의 직장생활을 사랑했다. 친절한 이웃이 있었다. 무엇보다 내가 젊어서 다 감당할 수 있었고, 이전의 직장보다 여건이 훨씬 나았고, 푸른 하늘을 늘 볼 수 있었다. 언제부터 도롯가에 심어졌는지 알 수 없는 플라타너스의 커다란 나무통을 따라 올려다보면 더없이 든든했다. 커다란 나뭇잎이 바람에 시원스레 흔들거리고, 가을이면 낙엽이 되어 나뒹구는 운치도 볼만했다.

연구소 정문에 들어설 때 빨간색 글씨로 써진 회사 로고가 마음에 들었다. 가슴 떨리게 하는 것 중의 하나였다. 건물 뒤쪽으로 떡 하니 자리하고 있는 축구장도 좋았다. 축구 동호회에 가입된 직원들은 점심때면 축구 유니폼을 입고 공을 찼다. 그중에 내가 아는 사람이 있으면 반가웠다. 우리 팀의 누구, 다른 팀의 누구였다. 전혀 축구를 잘하지 않을 것 같이 생긴 과장님도 열심히 뛰어다녔다. '보기하고 다르구나!'

저녁나절 퇴근길에 축구 경기를 볼 경우도 있었다. '사내에 축구 애호가가 이리 많나?' 단체로 뛰어다니니 눈에 잘도 띄었다. 농구 하는 사람, 탁구 하는 사람은 개별로 다녀서 별로 티가 나지 않았다. 축구 경기도 없는데, 점심시간 이후에 땀을 뻘뻘 흘리고 복도를 지나는 사람을 본다면 그때는 농구를 했거나, 탁구를 한 사람이었다.

'나도 운동을 좀 해볼까?' 탁구 강습에 참여했다. 초등학교 때 학교 수업 시간에 배운 게 다였다. 주말에 이모네 탁구장을 잠깐 봐달라고 하면, 언니랑 가서 일명 '마음대로 탁구'를 했다. 규칙에 상관없다. 엄마랑 탁구를 하면 아예 공이 탁구대에 닿지도 않고 공중 부양해서 왔다 갔다가 했다. 운동보다 웃을 거리가 더 많았다.

강습 시간에 기본자세 연습은 지루했다. 십 분 내내 라켓을 바로 잡고 팔의 각도를 신경 쓰며 허공을 향해 같은 동작만 해댔다. 일주일이 지나서야 공을 치기 시작했다. 십 분 동안 연속 날아오는 공을 받아넘겼다. 와, 땀이 마구 흘렀다. 이거 막노동도 이런 경우가 없을 것 같았다. 금방 헐떡거리고 바삐 움직이던 발동작이 서서히 느려져 갔다. 하루를 업무에 집중하고, 퇴근하자마자 강습을 시작해서 배고프고 진이 빠졌다. 시작된 지 삼 분 남짓, 나는 코치에게 물에 빠진 사람처럼 손을 번쩍 들고 구조신호를 보냈다.

"잠깐만요. 잠깐만요. 조금만 쉬었다가 할게요." 허리를 낮춰 잠시 쪼그려 앉으며 한숨을 가쁘게 내뱉었다. 그러길 한두 차례 더 하고 나서 강습이 끝났다. 시종 헐떡거리는 강습이지만 뭔가 되어 가는 듯해서 뿌듯했다. 포핸드 연습이 순조로웠다. 백핸드 연습은 아주 난감했다. 헤쳐 갈 길을 아직 못 찾고 있었다. 피곤함도 잊고 팔을 연신 휘저었다.

일도 동료도 운동도 좋았다. 지나치는 바람도, 길가의 커다란 나무도, 높은 하늘도 볼 수 있는 시간이었다. 순간순간 다가오는 행복을 호사스럽게 즐겼다.

회사밥 먹고
퇴근합니다

시골에서 전화가 왔다.

"밥 잘 먹고 잘 지내고 있나?"

"엄마! 요즘에 금방 피곤해져."

"그래? 언제 시골 오면 한의원에 같이 가자."

"알았어. 언제 시간 되는지 연락해줄게"

꼬마 때도 이유 없이 곧잘 피곤해했다. 가끔 엄마가 아는 한의원에서 보약을 짓거나 염소 한 마리를 고아 먹었다.

오래간만의 한의원에 갔다. 엄마는 한의사와 옆에 대기하고 있는 아주머니와 함께 동네 마실 나온 것처럼 이야기가 한없었다. 한의사는 진맥하다가 말고 머리를 갸우뚱거렸다.

"어디가 아픈 게 아니고 아기가 생긴 것 같은데요. 병원에서 진찰을 한번 받아보시죠?"

엄마는 눈이 동그래지셨다.

"난 그것도 모르고…, 어째 쓸까? 하하하!"

이내 껄껄 웃으셨다.

결혼생활은 빠듯한 살림살이로 시작했다. 결혼하자마자 아이가 태어나면 경제 사정이 더 어려워질 걸 걱정하여 좀 미뤄둔 상태였다. 덕분에 시댁 어머님과 친정엄마는 언제 애를 낳을 건지, 어디 아프지는 않은지 틈만 나면 물었다. 그러던 차에 아기 소식이라 두 집 모두 기뻐했고 나도 덩달아 좋았다.

원래도 개운한 음식을 좋아하고 저녁 식사 후 바로 곯아 떨어지기 일쑤였는데, 아기를 갖고서는 훨씬 더했다. 아이는 무럭무럭 자랐고 엄마인 나와 아기의 몸무게가 제법 되었다. 뒤뚱뒤뚱 걸어 다니는 것도 익숙해졌다. 딱 하나 불편한 일은 난데없이 여드름이 얼굴에 많이 난 것이었다. 얼굴에 난 뾰루지들이 인상을 아주 망쳐 놨다. 보는 사람마다 놀래니 안심시키느라 바빴다. 다들 짐작건대, "아들이네!" 했다. 남녀 호르몬의 차이로 피부 문제가 생긴다고 했다.

남편과 나는 산부인과 진찰을 갈 때마다 우물쭈물하여 의사 선생님 눈치만 보았다. 3개월째인가 궁금해서 잠깐 아이

성별을 물어봤는데, 선생님은 "뭐, 그게 중요한가요?" 하셨다. 매번 쭈뼛쭈뼛하며 물어볼 타이밍을 놓쳤다. 진찰이 끝나면 바쁜 의사 선생님을 생각해서 "안녕히 계세요. 감사합니다." 인사만 넙죽넙죽 잘도 했다.

"아들인지 딸인지 좀 물어보기나 하지." 나와 남편은 집에 와서야 아쉬운 마음에 서로를 타박했다. 주변의 누군가가 물어보면 또 뭐라 답하지, 속만 탔다. 결국 우리는 8개월이 되어 아이의 성별이 아들이라고 들을 수 있었다.

"진작에 묻지, 그랬어요." 의사 선생님은 태연스럽게 말했다. 참, 의사 선생님이 야속하기만 했다. 하루 수십 명의 아기엄마를 대하니 맨 처음 우리한테 한 말을 기억이나 할까 싶었다.

아이는 봄날에 예정일보다 이틀 늦게 태어났다. 예정일 전날은 휴가를 내서 좀 오래 걸었다. 다음날에도 소식이 없고, 아예 늦으려나 싶었는데 하루가 더 가니 평상시와 달랐다.

'뭘까? 그나저나 점심시간이 되었네. 밥이나 먹자.' 평소에 잘 가던 할머니, 할아버지가 운영하는 수제빗집에 갔다. 한 그릇을 느긋하게 먹고 병원으로 갔다. 산후조리원에서 미리 아기 낳는 방법을 교육받았는데, 연습했던 호흡법이 하나도 생각나지 않았다. 내내 얼떨떨해하며 두 시간여 만에 아기를 낳았다.

바로 전년도에는 월드컵이 열렸다. 우리나라에서 치러진 월드컵은 온 국민을 열광케 했다. 월드컵 시즌 이후에 태어나는 아기라 진료받을 때도 대기 줄이 길었고, 병실 예약도 꽤 어려웠다. 처음엔 4인실에 있다가 하루 지나서 1인실로 바뀌어 편히 지냈다. 살면서 처음 아닌 게 없었다. 결혼도 처음이고, 아기 낳는 것도 처음이었다. 다행히 아이가 건강히 잘 태어나 줘서 고마웠다.

아기 나은지 두 달째, 석 달째, 아이는 아직 어려서 한밤에 깨었다. 백일이 지나야 저녁에도 오래 잔다고 들었다. 정말 그러더라. 근데 출근하고 나서는 밤에 깨는 게 고역이었다. 쉽지 않았다. 밤에 깨는 일이 하루를 혼동으로 몰고 갔다. 어쩔 수 없이 남편에게 밤을 맡겼다. 초보 엄마, 아빠는 아이가 잠 잘 자는지, 기저귀 갈아야 하는지, 배고픈지 매번 살폈다. 아기 가진 부모는 다 마찬가지일 것이다. 병원에 예방주사 맞으러 가면 주사의 따끔한 맛에 아이는 놀라 "엥" 하고 울었다. 울어도 예뻤다. 어르고 나면 금방 괜찮아졌다.

엄마가 되어 마주한 일상의 행진은 출근하면서 아이를 어디에 맡길지가 가장 큰 근심이었다. 지푸라기라도 붙잡고 싶은 마음이었다. 주변머리가 없으니, 속 시원하게 부탁을 못

하였고, 아파트에 전단을 하나 붙였다. 옆 동의 이모님이 전화했다. 따져 물을 것도 없고 그냥 사람 좋아 보여서 뭐가 필요한지 물은 후, 아침마다 아이를 이모님 댁에 데려다주었다.

"우리 준이! 오늘도 잘 놀고 잘 먹고 잘 지냈어."

회사 갔다 오면 이모님은 명랑한 목소리로 오늘 아이가 어떻게 하루를 지냈는지 이야기해주었다. 아기를 예뻐하신 덕에 마음 편히 회사에 다닐 수 있었다.

두 살 터울로 둘째가 태어났다. 둘째가 어느 정도 크도록 이모님 댁에 아침, 저녁으로 드나들었다. 이모님 댁도 아이가 둘이었다. 초등학생이 중학생이 되고 고등학생이 되었다. 언니, 오빠가 있어서 우리 아이들이 잘 놀았다. 형이 사용하는 책상에 올라가서 아주 쉽게 공부를 방해했다. 언니 책도 하나씩 어디론가 옮겨놔서 언니의 머릿속을 혼란스럽게 했다.

저녁에 퇴근하면 작은아이는 유모차에 태우고 큰아이는 걸어가게 했다. 매일 비가 오나 눈이 오나 아파트 단지를 오고 갔다. 어느 날에는 큰아이가 자고 있었다. 깨우기에는 잠이 너무 곤하게 들었다. '큰아이가 걸어가야 하는데 어떡하지?' 일단 큰아이를 유모차에 태우고, 작은아이를 안았다. 이것도 엘리베이터에서만 가능했다. 금세 팔이 아파져 왔다. 일인용 유모차에 눕혀 놓은 큰아이는 이제 제법 커서 다리가 유모차 밖으로 쭉 빠져나왔다. 큰아이의 다리를 벌려 작은아이를 꾸역꾸역 앉혔다. 가능했다. 좋은 건지 서글픈 건지 모호한 감정 사이에서 아이가 좋아하는 노래를 부르며 집으로 향했다.

"저녁밥 먹으러 왔어? 오늘, 늦게까지 일할 거야?"

"아니요. 배터리 충전하려고요"

차장님은 나의 시원치 않은 대답에 계속 쳐다보았다.

"아, 그게 아니고, 제가 체력이 빨리 소진되는데, 집에 가면 지쳐서 애를 못 봐요. 회사에서 밥 후딱 먹고 집에 가면 괜찮거든요."

아이가 둘이 되고 나서는 저녁 퇴근 무렵에 회사 식당에서 밥을 먹고 퇴근했다. 그런 나를 보고 직장동료는 빨리 집에 안 가고 저녁에 일하려 한다고 야단쳤다. 가끔 집에 가기 싫어하는 사람으로 오해받았다. 일 끝나자마자 회사 식당에서 밥을 먹으면 간편하여 시간을 절약할 수 있었다. 지금 생각해 보면 나의 배꼽시계와 체력은 남들과 분명 달랐다. 방전이 빨랐다. 서울에서 처음 직장생활 시작하면서부터 알게 된 사실이었다. 그야말로 밥심으로 사는 인생이었다.

어느 학교를 나왔는지
묻지 않습니다

"조금만, 조금만, 더 왼쪽으로."

발길질을 유도했다. 공이 쪼르르 힘없이 가다가 멈추고 말았다.

"한 번만 더, 힘껏, 던져봐"

멀리 나갈 것만 같은 공이 던지자마자 바닥으로 떨어지며 또르르 굴렀다.

날이 따뜻하여 아이들을 데리고 천변 공원에 나왔다. 돗자리를 깔아 그 위에 먹을 것을 꺼내놓았다. 큰아이가 공에 관심을 가진 후로 방에서 조심조심 가지고 놀다가 야외로 나오니 마냥 좋아했다. 축구공을 아이에게 주며 차기를 권했다. 아이가 공을 '통'하고 차보지만, 잔디밭에서 데굴데굴 구르기에는 힘이 부족했다. 그 곁에 동생도 아장아장 공을 잡으러 나섰다.

내가 기억하는 내 어린 시절은 초등학생 때다. 오빠들이 동네 공터에서 축구하고 야구를 하였다. 가끔 인원이 부족하면 나를 끼워 주었다. 오빠들은 진짜 재빨랐다. 내가 공 한번 차보겠다고 뛰어갔지만 이미 공은 다른 오빠에게 패스되고 없었다. 답답한 마음에 오빠는 나에게 골키퍼를 시켰다. 뛰어다닐 일은 없으나 공이 내가 있는 곳까지 오면 부담이 컸다. 막아야 했다. 행동이 날랜 오빠들이 공을 뺏느라 뭉쳐 다녀서 공이 막무가내 골대로 들여지지 않았다.

넓은 학교 운동장에서, 동네 공터에서 뛰고 놀던 시절은 늘 떠오른다. 아이에게도 공을 가지고 노는 즐거움을 맛보라고 조금씩 연습해 주어서 주말이면 거꾸로 애들 손에 끌려 나갔다. 멀리 굴러가는 축구공을 주우러 다니고, 던지는 야구공을 받아줘야 했다. 한참을 하고 나면 엄마도 운동이 되고 아이는 실컷 놀아서 생글생글했다.

회사 체육대회가 가끔 있었다. 여자, 남자 가릴 것이 없고, 운동을 잘하거나 못하거나 다 참여할 수 있는 피구를 했다. 원으로 빙 둘러 공격을 하고 원 안에 있는 사람들은 어떻게든 살아남으려 했다. 날아오는 공을 쉽게 잡거나 재빨리 피해 다녔다.

초등학교 체육 시간, 날아오는 공을 납작 엎드려 피해 본 적이 있었다. 날아오는 공의 높이는 알 길이 없었고 머리를 땅에 처박듯이 몸을 웅크려서 등을 낮췄다. 순간 공은 지나가고 "와"하는 소리에 뒤를 돌아보니 공이 다른 편으로 가 있었다. 찰나의 놀람이 너무 강하여 심장이 쿵쾅거렸고, 쉽게 진정이 되지 않았다.

회사 직원들은 나보다 훨씬 컸다. 남자 직원의 뒤쪽에 있으면 앞이 보이지 않았다. 요리조리 공을 피하고 공을 받아보기도 했다. 어릴 때 짜릿한 기억이 있어서 난 체육대회가 싫지 않았다. 갑갑한 사무실에 있는 것보다 훨씬 좋았다. 하지만, 축구, 농구, 야구선수처럼 덩치 큰 직원들이 공을 던지면 무지 긴장했다.

"퍽" 둔탁한 공 소리와 함께 머리가 먹먹했다. 왜 그런지도 모르겠는데, 나는 엉덩방아를 찧으며 주저앉을 수밖에 없었다. 잠깐 사이에도 '이게 무슨 일인가?' 나에게 물었다. 갑자기 웅성거리는 소리가 주위를 둘러싸고 누군가의 손이 나를 붙잡았다.

알고 보니, 앞에 서 있던 남자 직원이 공을 잠깐 피하는 사이에 공이 내게 정면으로 날아든 것이다. 앞이 제대로 보이지 않는 상태에서 머리 크기만 한 간격에 서 있었으니, 날아오는 공을 당연히 볼 수 없었다. 안경 쓴 얼굴에 공이 재빠르게 부딪혔고 정신은 혼미해졌으며 몸은 자동으로 쓰러졌다. 나는 손을 휘저으며 괜찮다고 이야기했지만, 공이 얼굴에 부딪히며 안경이 눈 주위를 짓눌렀기에 눈언저리와 머리가 울렸다. 시간이 멈춘 듯했다. 곧장 병원으로 갔다. 체육대회를 주최한 회사는 직원의 상해를 걱정하여 혹 모르니 꼭 진료받고 안정을 취해야 한다고 당부했다. '별것도 아닌데, 체육대회가 이대로 끝나다니, 좋다 말았다.' 다친 것보다 아쉬움이 더 컸다.

"피구여왕! 될 뻔했는데…." 다음날에 부장님은 날 보며 너털웃음을 지었다.

어느 해에 또다시 체육대회가 있었다. 여직원, 남직원을 적당히 배치하고 야구를 했다. 부서별 대항이다. 외야는 뒤로 날아가는 공을 달려서 잡아야 하니 주로 남자 직원을 배치하고, 내야에는 여자 직원을 배치했다. 딱 봐도 여자 직원 앞에 공을 차면 진루할 수 있을 거라는 계산이 나왔다. 여자 직원은 상대적으로 공 잡기에 서툴렀다. 난 1루 근처 내야에 서 있었다. 여러 번 공이 내 앞으로 왔다. 난 공 잡는 게 그리 무섭지 않았다. 어렸을 때부터 오빠들과 섞여 놀아서 체육 시간에도 즐거웠다. 무심결에 공을 받아 들고 질주하는 주자를 아웃시키기 위해 1루 수비수에게 공을 던져주었다.

"체육 특기생인가요?" 회사에서 본업보다 더 열심인 직원에게 툭 던지는 말이다. 주로 남자 직원들이 점심시간, 퇴근 후에 운동을 많이 했다. 나는 아이들을 돌봐야 하니 하는 운동이라고는 집에서 아이들과 놀아주는 게 다였다. 운동 강도는 꼬마 아이들이 감당할 만한 수준이었다. 드문드문 열리는 체육대회는 직장생활에 활력을 주었다. 컴퓨터 앞에 앉아 문서나 논문을 들여다보고 실험에 열중하는 일과이지만 직원 모두가 운동하면서 하루를 떠들썩하게 보냈다. 다 같이 즐길 수 있는 놀이는 건강한 웃음을 주었다.

점심시간에 스트레칭을 강습해 주는 부장님이 있었다. 대학교 다닐 때부터 쭉 지도해왔다고 했다. 얼핏 보아도 옷 위로 볼록거리어서 근육질의 몸매를 가졌으리라고 짐작했다. 점심 먹기 전 가벼운 옷차림으로 바꿔 입고 지하에 있는 체육실로 모여서 부장님의 지시에 따라 스트레칭을 했다.

"바르게 앉아서 허리 펴시고, 숨 크게 들여 마십니다. 다리 벌리고, 손은 높이 올립니다. 하나, 둘, 셋, 팔과 상체를 오른쪽으로 기울입니다. 되는 만큼 합니다."

뒷줄에서는 '끙' 소리가 났다. 키득거리는 소리도 들렸다.

다들 건강관리를 하고 싶으나 따로 시간 내기가 어려워서 점심시간을 쪼개어 참여했다. 몸이 부드러워지는 것을 느낄 수 있었다. 늦은 점심을 먹었다. 부장님은 부드러운 목소리로 소소한 일상을 묻곤 했다. 우리는 꽤 오랫동안 독신으로 지내는 부장님에게 여자 친구는 있는지 시간이 나면 무엇을 하고 지내시는지 궁금해했다. 어떤 질문을 해야 흥미로운 대답을 들을 수 있을지 머릿속이 분주했다. 곧 이어질 오후 업무 전의 달콤한 식사였다.

내 구역에서
'값' 지게 중심 잡기

　내가 출근하는 방법은 다양했다. 걷거나 자전거를 타거나 버스를 타거나 자동차를 운전했다. 집과 회사는 가까웠다. 도로변을 걸어 20분 정도 걸으면 금방이었다. 버스를 타고 갈라치면 오히려 버스 기다리는 시간이 아까웠다. 걸으면 시간은 더 걸리지만 운동이 되었다. 아이들이 제법 커갈 때는 아이들과 학교 앞까지 같이 걸어갔다. 등교하는 걸 본 후에 나는 좀 더 걸어서 출근하곤 했다.

　자전거는 정말 빨랐다. 최고였다. 능숙하게 자전거를 타면 누군가는 나를 한 번 더 쳐다보았다. 이런 맛에 자전거 타고 출퇴근 한 적도 있었다. 어느 해는 보험 상품에 가입하고 삼단 접이식 자전거를 선물로 받았다. 회사까지 자전거로 십

분이면 오고 갈 수 있었다. 버스는 세 정거장이며 회사 길 건너에 도착했다. 버스를 기다리는 시간만 잘 맞추면 정말 편리했다. 자동차는 말해 뭐할까? 집과 회사가 가까워서 주차장에서 쉬고 있을 때가 더 많았다.

난 자전거를 초등학교 6학년 때 배워서 엄마를 태워 시장을 다녔던 터라 자전거에 익숙했다. 처음 배울 때는 정말 난감했다. 한 달 내내 자전거를 끌고 다녔다. 아버지의 자전거는 시골에서 짐을 실어 나르는 용도여서 색깔도 까맣고 튼튼하고 묵직했다. 여러 날이 지나도록 자전거 안장에 올라타지 못했다.

"자전거를 타고 다니는 거냐? 끌고 다니는 거냐?" 넷째 오빠는 한마디 했다.

속으로 '어떡하지? 언제까지 끌고 다니나?' 하던 차에 듣는 소리라 정신이 번쩍 들었다. 자전거를 올라타 중심 잡기가 마냥 두려웠다. 한발로 자전거를 밀고 가다 용기 내어 두 발을 모두 자전거 발판에 올려보았다. 다행히 자전거는 중심이 잡혀서 굴러갔다. 그도 재미있었다. 자전거 안장에 온전히 앉은 후에는 미끄러지듯 지나는 주위 풍경을 즐길 수 있었다.

자전거 배우며 생긴 일화는 여럿 있었다. 도로 한가운데에서 넘어지기도 했다. 넘어져서 도로 바닥에 몸이 착 달라붙어 있는 순간에도 어떻게든 고개를 들어 주변을 둘러보았다. 당시에는 시골 도로에 자동차가 많지 않았다. 다행히 한숨을 돌렸다.

며칠 후에는 자전거가 논두렁으로 곤두박질쳤다. 바로 뒤에 친구가 타고 있었다. 나는 아직 서툴러서 같이 타면 안 된다고 했다. 친구가 굳이 태워 달라고 조르는 바람에 자전거를 타다가 대형 사고가 났다. 뒤에 앉아있으면 앞이 보이지 않기 때문에 더 위험했다. 친구는 온몸이 뻐근할 텐데도 "이만하면 괜찮다." 말했다. 흙을 툴툴 털고 일어섰다. '슈웅' 하고 높은 길에서 지면이 낮은 논으로 내동댕이쳐졌는데 안 아플 수가 없었다. 다리를 절룩거렸다. 나도 물론 어리고 내 눈에도 꼬맹이로만 보이는 옆집 친구가 마음은 왜 그리 넉넉한지 모를 일이었다. 어찌 되었건 간에 친구의 말 한마디에 마음이 놓였다.

작은아이는 일찍부터 세발자전거를 타고, 두발자전거도 성공하는데, 큰아이는 세발자전거 이후에 아예 자전거를 거들떠보지도 않았다. 친구들은 자전거 타고 주말에 다 같이 모여서 놀러 가던데, 아들 녀석은 당당하게도 "나는 걷는 게 좋아, 멀리 가려면 좀 뛰면 되지." 넉살 좋게 넘어갔다. 하도 답답하여 아이를 데리고 넓은 학교 운동장에 갔다. 아빠가 뒤에서 자전거를 잡아주고 방법을 알려줘서 혼자서도 탈 수 있을 정도가 됐다 싶었다. 그래 좀 타려나 했더니 그날 이후로 자전거 소리만 나오면 "난 괜찮아." 답하고는 제 할 일만 했다. 다 같이 자전거를 타고 야외에 나가면 좋겠다는 바람은 물거품이 되었다. 어쩌면 내 아이의 관심사가 이렇게 다른지 의문이었다. 보통 아이들은 자전거를 좋아했던 것 같은데 말이다.

나는 급할 때 자전거를 타고 회사의 건물 사이를 이동했다. 입사한 지 얼마 되지 않아서는 누군가의 자전거에 눈독을 들이고 있다가 잠깐 빌려 타기도 했다. 햇볕 뜨거울 때 걸으면 속이 탔다. 자전거를 타고 씽 하고 옆 건물에 다녀오면 바람이라도 있어서 좋았다. 자전거 뒤편에 서류를 끈으로 꼭꼭 묶어서 가져왔다. 이래저래 관리하는 서류가 늘어만 갔다.

매달 우편물이 왔다. 사무실 한쪽에 덩그러니 있는 안 쓰는 캐비닛을 얻어서 내가 앉아있는 자리와 가깝게 배치했다. 정기 간행물은 당장 써먹지 못해도 꼭 긴요하게 쓰리라고 생각하여 찾기 좋게 정리했다. 때때로 관련 규정이 바뀌었기에 시기 맞춰 시행하려면 자료를 꼬박꼬박 모아야 했다. 나중에 교육 자료나 발표 자료에 이용했다.

내가 부서나 자리 이동을 할 때마다 문서가 가득한 캐비닛은 나를 따라다녔다. 2층에서 1층으로 내려갈 때는 건장한 동료들의 도움을 받아 캐비닛을 옮겼다. 캐비닛은 덩치가 커서 어떻게든 통로 끝 모퉁이에 두었다. 필요할 때마다 뒤적거리려도 다른 사람에게 아무런 방해가 되지 않아서 좋았다.

방사선안전관리를 하다 보면 규제기관은 삼 년마다 정기검사를 했다. 그때는 관련 서류를 몽땅 꺼내 들었고, 실험실에 비치해서 사용 중인 기록부도 다 소환해야 했다. 규정에 맞게 잘 기록했는지 점검하는 절차였다. 긴장감 속에 정기 검사를 받고 나면 이후 삼 년은 자유로웠다. 업무의 일상이 매번 점검, 기록이었다. 일주일, 한 달 간격으로 시설과 사용 구역에 대해서 문제가 없는지 확인했다. 실험이 있는 날이면 실험 전후의 실험실 상황을 살펴야 했다. 사실 바쁘다 보면 기록을 나중에 해야지 하는 경우가 많아서 매번 주지시켜야 하는 일이었다.

연구원들의 정기적인 건강진단과 교육 수강도 법적 사항이기에 매년 확인했다. 측정기기도 6개월마다 꼬박꼬박 검·교정 하여 측정 오류가 나지 않도록 해야 하기에 교정 일자를 신경 썼다. 주요 배기, 배수 시설도 문제없이 작동되는지 수시로 점검했다. 외부 대행업체와 계약되어 있어서 매달 전체 시설을 들여다보았다. 외부 대행업체는 최신 정보와 필수 사항을 한 번 더 알려주기 때문에 여러모로 업무 수행에 유익했다. 분석업무에 신경 쓰다가 가끔 놓치거나 할 때 연락이 오면 반가웠다. 깜빡 잊을 수 있는 일을 알려주는 알람 역할이었다.

　이 궁리, 저 궁리하며 부족한 작업절차를 채워나갔다. 시설 관리와 폐기물 관리는 관련 업체의 도움을 받았다. 필요 예산은 회사 지원팀과 연락했다. 선원이나 폐기물 분류가 필요하면 연구원에게 틈나는 시간에 수작업을 요청했다. 이때는 사람이 많으면 많을수록 좋았다. 부서도 하는 일도 달라서 바쁠 만한데, 연구원들은 잘 모였다. 청소나 정리하는 날에는 치킨, 도넛, 피자 등을 사서 먹었다. 가끔 시간이 되면 점심도 같이 먹었다.

　사실, 실험하는 당사자가 가장 많이 긴장하고 안전 유지에 어려움을 겪었다. 연구원들은 특수한 방사성물질을 사용하기에 잘 계획해서 짧은 실험 시간 내에 실험해야 했다. 나는 그들이 안전하고 효율적으로 일하도록 과정을 살폈다. 때때로 내 요구사항이 불편할 만도 한데 늘 웃음 지으며 잘 따라주는 연구원들이 고마웠다. 내가 방사선 안전관리자로서 해볼 만한 일임을 느끼게 하는 공간이었다.

나는
안전 지킴이입니다

"어떻게 이 일을 시작하게 되었습니까?"

회사의 방사선 안전관리자로 일하면서 자주 질문을 받았다. 대개 원자력공학이나 방사선학 전공자가 하는 일이기 때문이었다. 내 전공은 식품영양학과였다. 처음 방사선에 대해서 알게 된 것은 대학교 1학년 때였다. 교수님의 친구인 교수님은 '방사선 조사식품'에 대한 세미나를 했다. 방사선을 이용하여 감자를 오래 저장할 수 있다고 했다. 처음엔 평범한 수업의 하나라고 생각하고 참석했는데, 의외의 수확이 있었다. '방사선을 어느 정도 쬐어야 식품을 오랫동안 저장할 수 있는 것일까?' 자못 궁금했다.

'방사선 조사식품'이란 발아의 억제, 식중독균의 살균과 같은 유익한 현상을 일으키기 위해 어떤 종류의 방사선 에너지를 처리한 식품을 말한다. 실온에 보관해 둔 감자는 시간이 지나면 모양이 주글주글하기도 하고, 구석에 뒀다가 잊어버리기라도 하면 어느새 싹이 올라와 먹을 수 없게 된다. 서늘한 곳에 두어도 보관은 쉽지 않다. 방사선으로 처리하면 해외에 식품 수출을 위해 장기간 보관하고 운송할 때는 제격이다.

세미나가 끝나자마자 관련 회사가 있는지 검색해보니 국내회사로는 딱 한군데 있었다. 홈페이지에는 식품과 의료용품의 방사선조사에 대한 설명이 있었다. 의료용품의 살균은 식품과 다르게 널리 사용되었다. 우리나라에서는 방사선조사식품을 꺼려서 유통되지 않았고 수출 식품은 포장에 방사선 마크를 찍어 표시했다. 취업을 생각하니 식품 분야가 생각만큼 보편적이지 않았다. 회사가 하나이니 이미 채용된 사람이 있었을 것이다. 회사는 법적으로 방사선 안전관리자를 딱 한 명만 고용해도 되기에 인력 채용은 더 없을 거라 예상했다.

그럼, 어떡하지? 잠깐의 희망을 보았으나, 그도 신통치 않아 보였다. 흔하게 이용되는 방사선조사 방법은 무엇인가? 의료 분야에서 진단 방사선을 이용하고 있었지만, 당시에 과가 달라서인지 나는 흥밋거리를 찾지 못했다. 오! 그럼 나는 뭘 배워야 관련 직업을 가질 수 있나? 찾아보니 기사 자격증으로 방사선투과검사가 있었다. 병원에서 엑스레이로 진단하듯이 철골 구조물의 용접 부위가 결함이 있는지 확인하는 방법이었다. 인력 수요도 많았다.

공부는 어떻게 해야 하나? 나는 전공이 식품인데, 아는 게 없으니 관련 학원이 있나 알아봐야 했다. 생각은 여기까지 미쳤고, 학원비와 학과 공부 시간을 고려해서 통신 교재가 더 나을 것 같았다. 다행히 전주에서 교재를 판매하고 있었다. 전화로 문의하고 직접 보고 싶기도 해서 전주에 가보기로 했다. 덥석 교재를 사기가 두려웠지만, 가기도 전에 이미 살 것이 예정되었는지도 모르겠다.

점심때 도착하는 바람에 담당 선생님은 맛있는 걸 사 주겠다고 했다. 아마도 판매하려는 미끼였을 것 같았으나 별로 개의치 않고 순순히 음식점으로 따라갔다. 전주는 비빔밥이 유명했다. 전라도의 음식이 꽤 푸짐하다는 것을 알았지만, 실제 보니 여느 잔칫집 못지않았다. 아무리 식성이 좋아도 이걸 다 먹기에는 어려워 보였다. 식당 주인은 당연하다는 듯 반찬을 재빠르게 한 상 가득 놓았으며, 학원 선생님은 어서 먹으라고 재촉했다. 낯선 사람 앞인데도 배불리 먹었다. 그리고 아주 쉽게 통신 교재를 사겠다고 결정하고 공부를 열심히 해 보겠노라고 마음을 다지며 돌아왔다.

학생 처지에서는 웬만큼 비쌌을 텐데 어떻게 교재비를 냈

느지 지금은 기억나지 않는다. 의도한 대로 학원비보다는 저렴했을 것이다. 아마도 이후 용돈을 아끼느라 꽤 오랜 시간 마음고생했겠다 생각한다. 교재와 녹음테이프로 구성된 강의식 공부였다. 난생처음 접하는 내용이라서 처음은 열심이었으나 어느결에 멈춰버렸다. 교재는 책장에 곱게 쌓이고 말았다. 한마디로 돈을 날렸다.

이대로 포기할 수가 없어서 학원을 찾았다. 멀지 않는 곳에 하나 있었다. 건물 외관은 허름해 보이고 책상, 의자도 낡았다. 가성비를 고려한 학원 차림이었다. 반면에 학원 원장님은 능력이 출중하여 첫 한 시간 강의를 수강하는 동안 '이거다!'라는 생각이 들었다. 같은 학교의 동기와 후배도 있었다. 대부분 타 대학의 공대생이었고, 여학생은 두 명인데 둘 다 전공과 무관했다. 수업이 있는 요일이면 저녁을 재빠르게 먹고 학원에 갔다. 가끔 마주치는 기숙사 동기생들은 어디 다녀오느냐고 물었으나 대충 얼버무렸다. 이론, 실기시험이 있었다. 모두가 열심이었기에 대부분 합격하였다.

집에서도 오빠가 넷이고, 가는 곳마다 남학생이 많았다. 그러려니 하며 지냈다. 대학교에 입학하고 보니 한 명만 빼고 전체가 여학생이었다. 놀라움도 잠시였다. 일부러 찾아간 학원도 첫 회사도 대부분 남자였다. 산업 분야의 방사선이용업

체라 당연히 현장 일이 많았다. 한번은 현장을 알아야 진짜라고 해서 따라간 적 있었다. 공사장이라 안전모를 쓰고 안전화도 신었다. 아이가 아빠 구두 신은 만큼이나 어색했다.

상대적으로 현장 일보다 문서작업이 많은 방사선안전관리는 내게 수월했다. 아침 회의 시간에 교육을 한번 해보라는 권유에 얼굴을 붉히며 손사래를 쳤다. "조금 더 알게 되면 교육해 볼게요." 미뤘다. 입사 1년 차에 현장 일을 알 수도 없었고, 현장에서 십여 년씩 잔뼈가 굵은 직원 앞에서 더더욱 말하기가 두려웠다. 공부하기는 쉬워도 앞에 나가 교육을 한다는 것은 그 자체가 부담이었다.

판매업에서도 방사선안전관리를 담당했다. 회사는 바뀌어도 일은 같았다. 관련 규정을 적용하면 되는 일이라 분야가 다르더라도 가능했다. 5년 정도 지나고 일이 안정될 즈음에 나 스스로 교육 자료 만들었다. 특정 부분은 경험이 없어서 조마조마할 때가 있었다. 정기 검사 때 심사위원에게 조언을 구했다. 차차 나아져서 연구소 상황에 맞게 이론과 실전을 겸비할 수 있었다. 가끔 면허자 모임에 참가하여 궁금증을 해소했다.

방사선을 많이 이용하기도 했지만, 시대의 흐름인지 방사선 이용도 변하기 시작했다. 방사선 대체 방법과 장비가 도입

되었다. 기존에 사용되던 장비는 사용하지 않아 몇 년째 멈췄다. 어떻게 변화에 대응하고 나의 본업도 유지할 것인지 고민하기 시작했다.

직원들은 방사선 분야만큼은 나를 찾았기에 안전책임자로서 자부심이 있었다. 원장님이 팀장 시절에 회사는 자기에게 공부하여 면허증을 취득해 달라고 했다나. 연구하느라 팀장 하느라 너무 바빠서 책을 들여다보았으나 이내 그만두었다고 했다. 원장님은 과거의 경험 덕분에 내 일의 특성을 잘 알고 있었다. 내 일 아는 이가 정말 드문데, 이를 알아주니 천군만마를 얻은 기분이었다. 동시에 자격 이상으로 경험을 쌓아야 한다는 부담감도 있었다. 행복한 고민이었다.

직장에서
눈물은 한 번으로 족하다

"손 대리! 나 좀 보지?

"박 박사님이 말이야. 엊그제 분석한 결과가 좀 이상하다고 하던데? 어떻게 된 거야?"

"그렇지 않아도 그 팀의 과장님이 분석해 보았는데 염기서열이 뒤로 갈수록 잘 안 맞는다고 하여, 저도 확인해서 다시 결과를 주었습니다."

여기서 분석은 염기서열 분석하는 소프트웨어를 작동시켜 데이터를 불러들여 서열이 일치하는지 다른지 확인하는 작업으로 이미지와 텍스트를 읽어내는 것이다.

"팀에서 다음 단계 실험을 해봤다는데, 몇 개를 더 테스트해 보아도 도무지 안 맞는다고 해. 이런 일이 있으면 나한테

와서 의논해야지. 왜 혼자서 처리하나? 결과 다 가져와 봐. 내가 검토해 볼 테니."

하늘이 무너지는 듯했다. 엊그제 한 분석은 요즘 열띠게 클로닝(유전자 재조합) 하여 항체 라이브러리 만든다고 스크리닝 중인 프로젝트였다. 양도 꽤 많았다. 매일 시료량이 넘쳐나니 하루하루 소화해 내야 하는 일이 당연히 많았다.

그동안에는 소량이기도 하고, 많다고 해도 그렇게 실수한 적이 없어서 이런 상황이 발생했다는 사실이 믿어지지 않았다. '잘 안 풀리면 빨리 보고라도 할 걸.' 시료 분석을 의뢰한 팀에서도 일이 많아서 힘들어하는데, 내가 분석을 엉터리로 했으니 이만저만 화가 났을 것이다.

애써 참아내고 팀장님 앞에 서 있었다. 팀장님의 관점에서 여러 가지로 야단할 만하였다. 문제 발생에 대해서 팀장님께 의논하고 하나하나 재분석해서 결과를 전달했으면 괜찮은 일이었다. "죄송합니다." 마음이 한없이 불편했다. 우울한 마음으로 화장실에 갔다. 눈물이 왈칵 쏟아져 내렸다. 뭘까? 분명히 확인했는데, 하루 이틀 하는 일도 아니고 이렇게 틀어지나 싶었다.

오후쯤 되어 결과를 해석해 보았던 연구원으로부터 다시 연락이 왔다. 분석 결과와 이름이 하나씩 밀렸다는 것이다. 일부를 테스트한 결과 큰일 없이 바로 잡았다고 했다. '휴~

다행이다.' 어디가 잘못됐는지 도통 모르고 있다가 그제야 마지막 단계에서 시료 이름을 입력할 때 하나씩 다음 줄로 넘어간 걸 알았다.

이런 경우도 대비해서 작성할 때마다 확인하고 또 확인했었다. 퇴근 시간 전에 입력이 완료되어야 밤새 장비가 혼자서 일을 할 수 있기에 시료 수가 많은 날이면 아침부터 서둘렀다. 애씀에도 불구하고 어이없게 발칵 뒤집어졌다. 나는 실험의 중간 단계에서 시료가 잘못됐나 고민했었다. 만약 그랬었다면 더 종잡을 수 없다. 그렇게 되면 처음부터 다시 해야한다. 모든 가능성을 두고 원인에 몰두하다 보니 오히려 답을 찾기가 어려웠으리라.

하여튼 이 실수를 생각하면 아직도 까마득하고 먹먹하다. 그동안 쌓아온 신뢰가 확 떨어졌다는 실망감이었다. 분석 담당자에게 가장 중요한 것은 결과처리였다. 시료 이름을 쓰거나 입력하는 찰나에 종종 떠오르는 악몽이었다. 찐한 눈물은 온몸에 각인되었다. 이후 교육하는 날이면 나의 실수를 교육생에게 들려주었다. 부끄럽지만 사소한 것도 신경을 쓰고 집중하기를 당부했다.

2016년에 방영된 tvN 드라마 '시그널'의 한 장면이 있었다. 경찰서에서 유일한 여성 형사인 김혜수(극 중의 차수현)

은 얼굴과 손에 상처투성이인 채 우두커니 서 있었다.

"못하겠어요." 울면서 선배 형사 조진웅에게 말했다. 이때, 조진웅은 사건 피해자가 '차수현 형사'에게 고맙다고 보낸 '상주 일등 곶감' 상자를 건넸다. 열어보니 달랑 하나 남아 있었다. 조진웅은 안절부절 설명했다. "다른 형사들이 달려들어 곶감을 거의 다 먹어 치웠어. 어떻게든 사수하여 얻은 단 하나의 곶감이야." 차수현은 달곰한 곶감을 한입 베어 먹었다. 순간을 놓치지 않고 선배 형사가 하는 말은 이렇다. "그 맛에 일한다."

맞다. 오늘 일이 흐트러져 눈물이 나고 억울한 것 같아도 나는 '그 맛에 일했다.' 손도 많이 가고 어느 것 하나 허투루 하지 않으려 했다. 아등바등했고 나중에 틀어져 있는 결과를 발견할 땐 무지 속상했다. 하지만 어느 날 "어제 해준 분석 말인데, 아주 잘 되었어, 고마워."라고 누군가 한마디 해주면 모든 시름이 사라졌다.

드라마 '시그널'처럼 과거 사람의 목소리를 미래에도 들을 수 있을까? 드라마이니 가능하겠지 싶은데도 한 번쯤 소원한다. 미래에서 결말을 알아 버린 사람은 어떻게든 과거의 당사자에게 말해 주고 싶어 한다. 영화 속 한 장면이 애처롭다.

"2월 5일, 정현 요양병원에 절대 가면 안 돼요." "찌직" 소리를 내며 무전기 소리가 끊긴다. 뒤편에 다 전달되지 못한 말은 '거기 가면 당신 죽어요.'였다.

영화 주인공처럼 15년이 지난 지금 미래의 내가 되어 여기에 있다. 나 또한 과거의 나와 통화할 수 있다면 과거의 나에게 말해 주고 싶다.

"혹 무슨 일이 생기면 그리 낙담하지 말고 슬퍼하거나 노하지 마라."

"사는 건 그리 대단한 것이 아니야."

"현재는 큰 산으로 막혀 있는 듯하지만, 지나고 나면 아주 작은 일에 불과해."

"좋은 일들이 때때로 너를 놀라게 하며 나타날 거야."

지금, 이 순간, 과거를 추억하지만 언제나 잘 되기를, 행복하기를 기대하는 오늘의 내가 있음을 알려주고 싶다.

동료들도
친구가 될까?

'한 번만 더'

보통 직장 생활하다 보면 견뎌내는 기간이 있다.

1년을 지나면 나 어디에서 일해 봤다고 말할 수 있었다.

2년이 되면 후배 직원도 있으니, 이거저거 가르쳐 주고 같이 다닐 수 있었다.

3년이 되면 좀 든든했다. "이 일 해봤거든요." 당당히 말했다.

4년이 되면 '내가 좀 부족한 게 없나?' 생각하기도 전에 부서 개편이 단행되었다. 아니면 스스로 이동했다.

5년이 되면 이제 굵직한 것을 하나 부여잡고 나는 이런 식으로 일을 진행했으며 그간의 결과는 어떻다고 말할 수 있었다.

6년이 되니, '여가를 좀 더 활용할 수 없을까?' 하는 고민에 빠졌다.

7년이 되니, 그 간의 굴곡은 어디 가고 넓은 평야에 서 있는 사람처럼 안정감이 들었다.

가끔 있는 회식은 의례 참석했다. 어느 날 동료가 귀에 대고 살짝 이야기를 꺼냈다.

"9월 3일, 카페에서 우리끼리 만날 건데 참여할 수 있어요?"

"목적은?"

"친목입니다. 우리끼리만."

"뭘 할 건가요?"

"차나 맥주 마시면서 자기가 보여주고 싶은 것 하기."

"어! 그거 재미있겠는걸."

"그럼, 어디서 하려나?"

"피아노가 있는 카페 하나를 빌리려 해요."

호기심이 발동되는 미끼였다.

'그럼, 내가 할 수 있는 게 뭐지?'

혼자서 슬슬 고민이 되었다. 악기를 다루지도 못하고….

"그럼, 장기가 없는 사람은 어떻게 해?"

"만들어오면 되죠."

"…"

"전, 양손 피아노 치기 한 곡을 만들어올게요."

알고 보니 후배는 클래식을 좋아했다. 어려서부터 누나의 성악 연습을 들어왔다고 했다. 덩달아 음악에 무뎌 보이는 동료는 피아노를 한 번도 쳐본 적 없으니 이번에 개인지도 받고 꼭 몇 곡을 선보이겠다고 했다. 한 사람은 대학교 때까지 피아노를 쳤다나. 안친 지 오래되어, 이번 참에 다시 한번 도전하고 싶다고 했다.

어쩜! 이러다 작은 피아노콩쿠르 대회가 되지 않을까 싶었다. 피아노 있는 카페에서 모인다고 했으니, 피아노곡이 아주 적합해 보였다. 난 특기가 없으니 이야기라도 잘하는 사람이었으면 얼마나 좋을까? 말로 풀어가는 재미있는 만남이 되겠지. 근데, 이도 저도 유별나게 할 수 있는 게 없으니 고민이었다. 한 달 후였다. 마술이라도 배울까?

그날이 되었다.

만남을 주도하고 있는 동료는 누군가 퇴근 후에도 일할까 봐 만나는 사람에게 매번 다짐받았다.

"과장님! 오늘 저녁 모임은 가능한 거죠?"

웃음기가 가득하고 눈망울이 동글동글하였다.

저녁밥을 먹은 후 예약한 카페로 향했다. 카페는 공기도 싸늘하고 한적해서 이용자가 별로 없는 것처럼 보였다. 한마디로 좀 허름했다. '뭐, 그러니 우리가 마음 놓고 예약도 하고 여러 명이 모일 수 있는 거겠지.' 자리를 잡고 앉아서 한 사람씩 소개를 했다. 어색했다. 미소 띤 얼굴은 그래도 오기를 잘했다는 표정이었다.

"그동안 연습하긴 했는데, 그다지 늘지 않았어요." 시작도 하기 전에 연막을 쳤다. 평상시에도 자신 있게 자기 의사를 표현하는 동료는 젓가락 행진곡만 가능했던 피아니스트였다. 모임을 위해 한 달 동안 퇴근하자마자 피아노 강습을 받았다. 요즘 '바이엘'을 한창 익히는 중이라며 너스레도 떨었다. 환호받으며 반주했고 참여한 모두가 칭찬의 박수 세례를 보냈다.

"하하하"

별것 아닌 것 같으나 정성을 알아주고 기뻐해 주는 박수 소리에 나도 뭐 좀 해야 하나 슬슬 일어났다. 내가 아는 노래는 예나 지금이나 손가락으로 꼽았다. 누가 봐도 나이에 어울리지 않는 옛날 노래였다. 흥겨운 노래인가 하면 그도 아니었다.

첫 가요를 배운 건 중학교 시절이었다. 오후 늦은 시간이 되면 라디오에서 옛날 노래가 잔뜩 나왔다. 무심히 들었다.

'나도 부를 수 있는 노래 하나쯤 있어야 할 텐데.' 내키는 대로 골라보았다. 높은음이 많으면 탈락, 박자가 빠르면 탈락, 가장 중요한 건 정서에 맞지 않으면 두말할 것 없이 탈락시켰다.

아이, 부를 게 도통 없었다. 대충 얼버무리다가 되는 부분만 따라 불러보았다. 근데, 한 소절 따라 하니 좀 맞는 노래가 있었다. 시골 사람 아니라 할까 봐 가사 중에 나오는 '언덕'이라는 단어가 좋았다. 내가 생각하는 언덕과 노래 배경, 정서와는 딴판인데도 마음대로 상상했다. '푸른 초원을 달려본다. 넓은 초원에서 팔 베고 누워 하늘을 바라본다. 바람이 살랑거린다. 하늘은 파랗고 구름은 하얗게 뭉실뭉실 떠 있어서 평화롭다.' 그려보는 상상력은 한없지만, 노래를 부를 때만큼은 반음이라도 낮춰서 무리 없게 만들었다.

다행히도 카페의 한쪽 구석에 노래방 기기가 있어서 노래 반주를 켤 수 있었다. 어떤 동료는 나의 노래를 즐겨주었고, 어떤 후배는 한참 된 어른이 부르는 노래라고 깔깔 웃어댔다.

"언덕 위에 손잡고 거닐던 길목도 아스라이~ 멀어져간 소중했던 옛 생각을 돌이켜 그려보네." 나는 분위기로 부르는 노래를 좋아했다. 혼자 취해서 부르는 맛이 좋았다. 호불호는 항상 있었다. 내 알 바 아니다. 보통 노래방에서 분위기 싸하게 만드는 노래를 불러 젖혀도 그때만 지나면 다 잊히기 때문이다.

두 아이의 엄마인 나는 오래간만에 느껴본 해방감이 좋았
다.

한번 하면 또 놀고 싶은 게 당연지사였다. 어느 날은 동료
가 일하다 말고 실험실 곳곳을 돌아다니며 저녁에 같이 모일
수 있는지 묻고 다녔다.

"저녁에 번개 모임 어때요?"

일하던 손을 잠시 멈췄다.

"안 돼!"

야멸찬 대답에 의향을 물었던 동료는 무안해했다.

"애들이 있는 엄마한테는 적어도 하루 전에 이야기해줘야
해~"

동료의 얼굴은 잠시 정지 상태가 되었다가 다시금 싱글거
렸다.

"아하! 늦어도 하루 전에 call~."

씩씩해지는 동료의 목소리를 들으며 나는 다음 번개 모임
을 기약했다.

잠시 주춤거리고 있다. 오늘도 조용히 용기 내어 시도하고, 실망하고 회복하고 도전한다. 내 영어 공부의 모습이 거북이와 같기도 하다. 육지에서 느린 거북이도 바다에선 유유자적하게 헤엄친다.

세 번째 행복
괜찮지 않지만 괜찮습니다

뭉치면 죽고
흩어지면 산다

내가 입사하고 몇 년 지나지 않아서 큰 인사 정리가 있었다.

항암제 개발 분야였다. 신약 개발은 모든 생명과학 연구자가 바라는 꿈이었다. 심각한 질병인 암에 대한 치료제 개발은 희망과 달리 비용과 소요 기간 측면에서 장벽이 많았다.

한 연구원은 일평생 연구해서 신약 개발에 성공했다. FDA 승인에 성공한 영광을 가졌으나, 그 자신도 암에 걸려 44세라는 이른 나이에 사망했다. 모두의 마음을 무겁게 했다. 예고 없이 일어났기에 서글펐다. 연구에 몰입했던 시간은 그에게 어떤 의미가 있었을까? 보통 사람이 누리는 생보다 훨씬 짧았으니 얼마나 허망할까? 행복한 시간을 조금이나

마 누릴 수는 없었던 걸까? 인간은 한낮 유한의 존재임을 느껴야 했다. 누군가의 노고가 있었기에 세상은 나아졌고 지금의 우리는 혜택을 누리고 있다.

애도의 분위기는 마음속 깊이 자리 잡았고, 조직 개편의 현실에 맞닥뜨린 항암제 연구원들은 각자의 살길을 찾아 나섰다. 신약 개발은 결과물이 나올 때까지 시간이 오래 걸리고 비용이 많이 드니 회사가 더 이상 지원을 못 하는 상황이되어 도리가 없었다. 내가 알고 있는 한 팀이 와르르 무너지는 순간이었다. 다행히도 연구원들은 씩씩했다. 남아 있는 연구원들은 궁색하여 딱히 위로의 말도 못 건네고 그들이 좋은곳으로 가기만을 빌었다. 텅 비었던 쓸쓸한 자리는 이내 다음회사 전략인 항체치료제 인력으로 재빠르게 채워지고 우리는 그 길을 향해 매진했다.

매주 회의하고 분야별로 해야 일 들, 필요한 실험 용품, 장비를 파악하고 준비했다. 고가의 장비 구매가 쉽지 않았다. 일의 진행 속도를 높여줄 첨단 기기의 목록을 리스트하고 거래처에 연락했다. 일정 기간 사용해보라고 데모 기기를 대여해 주기도 했다. 하나의 새 장비를 들여와서 실제 시연하기까지 수도 없이 논의했다. 데이터를 모아서 우리가 원하는 결과를 얻을 수 있는지 반복 테스트했다.

회사는 되도록 오랫동안 기기를 써보고 싶어 하나 늘 대여 기간이 짧았다. 국내, 해외 사용 결과를 참고하고 정말 사야 할지를 고민했다. 브리핑을 몇 번 더 듣고 장단점을 파악했다. 다른 기관에 있는 공동 장비를 이용하기도 했다. 좋은 결과물을 빠르게 보려면 최신 장비를 들여오는 게 최선이었다. 최고 사양으로 구매하면 좋으나 살림살이 생각해서 엄청나게 재보았다. 장비가 들어와서도 한동안은 전쟁이었다. 정말 괜찮은지 안 괜찮은지는 해봐야 안다. 생각만큼 좋은 결과를 나오길 바라는 마음은 맥박을 과도하게 뛰게 했다.

튼튼하고 성장이 빠른 세포를 찾는 게 내가 속한 팀의 임무였다. 너도나도 뭉치는 세포는 쓸데없었다. 단 하나의 탄탄한 하나를 찾기 위한 싸움을 시작했다. 우리는 세포 하나를 잘 골라 줄 장비를 물색했다. 세계적으로 유명한 제약회사들이 이미 사용하여 검증한 기기를 고려했다. 국내 판매사는 해외 영업팀, 기술팀 할 것 없이 열띤 설명을 했다.

회사 게이트에 방문자들이 즐비했다. 한동안 사스(SARS, 중증급성호흡기증후군)으로 인해서 질병 감염에 대한 경로 차단이 대단했다. 공항에서 입국자 검사하듯 본관 입구에는 엑스레이 검사대가 설치되었다. 가지고 있는 소지품을 전부 다 내놓고 스캔해야 했다. 퇴실하다가 USB 등의 저장 물품이 나오면 꼼짝없이 이삼일 후에나 되돌려 받을 수 있었다. 보안

안전팀에서 저장된 파일을 점검한 후에 건네주었다. 저장 물품이 자기 수중에 다시 돌아오려면 수일이 걸리니, 처음부터 보안 수칙을 잘 숙지하고 드나들어야 했다. 이런 불편한 절차를 피하고자 게이트 바로 전에 있는 외부 인원 회의실을 이용했다. 회사 내부로 들어오지 않아도 만남이 가능한 장소였다.

긴요한 사항을 적을라치면 다이어리와 펜은 필수였다. 영어도 잘하면 더 좋았다. 해외 영업팀에서 설명하니 아무리 국내 거래처가 설명해 주더라도 직접 그들의 의도를 알아채고 질문하여 실질적인 정보를 얻어내야 했다. 간단한 건 안내 책자와 설명서를 통해서도 알 수 있었다. 답답한 마음은 늘 따라다녔다. 그러길 여러 차례 드디어 우리는 수억대의 장비를 사려고 대여 장비를 들여왔다.

담당 연구원과 나는 부담이 점점 가중되고 있었다. 매일 세포를 키워서 하나씩 분리하는 실험을 했다. 작은 세포를 매번 현미경으로 보고 성장 상태를 확인했다. 매일 분리해서 어떤 세포가 균일하게 잘 자라고 있는지 사진을 찍어두었다. 어느 정도 되었다 싶으면 성장 속도가 좋고 최초 하나의 세포에서 유래된 것만 골라내었다. 반자동의 분석 방법이지만 장비를 이용해서 수고스러움을 많이 덜어낼 수 있어서 좋았다.

퇴근 무렵이었다. 집에 가기 전에 딱 한 번만 더 확인해

볼까 했다. 똥그란 모양의 하나가 수상했다. 좀 더 뒤적거려 보니 여러 개가 더 있었다. 처음 발견하는 순간이기에 집에 가는 걸음이 늦춰질 수밖에 없었다. 동료에게 재빠르게 이 소식을 알렸다.

다음날 동료와 나는 입가에 웃음이 묻어났다. 말로만 듣던 싱글 클론(단일세포 군집)이 우리 눈에 정확하게 나타난 것이었다. 우리의 판단이 맞았다는 희열감이 컸다. 팀장님도 소식을 듣고 기뻐했다. 의심하였던 대여 장비를 믿게 되었고, 실제로 새 장비를 살 수 있었다. 이후로 우리는 단일세포를 고르는데 양으로 승부를 걸었다. 하나라도 '날고 기는 세포'가 나오면 되는 것이었다. '시작'이라는 의미는 대단했다. 기존에 해왔던 실험 과정을 엄청난 속도로 바꿀 수 있었다. 지금 와서 생각하면 거북이걸음에 지나지 않았지만, 당시로는 매우 획기적이었다.

유레카! 발견의 기쁨이 다음 단계의 동력이 되었다. 대단한 세포 하나는 팀 전체를 일사불란하게 작업하게 했다. 소문은 금방 다른 부서로 옮겨지고 희망의 씨앗이 되었다. 훗날에도 나와 동료가 계속 이야기할 만큼 강력한 한방이었다. 뜨거운 한여름에 얼음 가득 넣은 수박 주스라고 할까? 시원하고 달콤했다.

곱슬머리로
직장생활하기

"난, 미용실에 가려고 돈 벌어!"

내가 미용실에 다녀와서 화제가 '머리'가 되는 날이면 우스갯소리로 말했다. 한 번씩 미용실에 가면 비용이 꽤 많이 지출되기 때문이었다. 미용실에 갖다 바친 돈을 1년 정도 모으면 사나흘 동남아 가족여행도 갈 수 있을 것이다.

회사 소속 부서가 바뀌고 새로운 동료들을 만나 일하고 있는데, 한 동료가 미용실을 추천해 주었다. 반신반의하며 가보았다. 원장은 싹싹하고 나름의 자부심이 있었다. 사실 이곳도 처음엔 실패작이었다. 잘될 거라 호언장담하던 원장의 파마 실력이 동네 미용실 수준으로 떨어졌다. 뒷머리에 조금만 웨이브를 주겠다고 해서 그러라 했는데, 세상에 엄마의 빠글 빠글 시골 파마만큼이나 심하게 되었다. 내가 생각하기에 대략 10분 정도로 짧은 시간이었다.

다음날, 동료들의 반응은 무심한 듯 평이했다. 나는 머리 모양을 견디다 못해 한 달 후에 다시 매직 스트레이트 파마를 하여 반듯한 머리로 회사에 갔다. 동료들은 그제야 말했다. "그때 곱슬머리 파마가 좀 이상하긴 했어."

매일 집에서 가까이 보는 남편은 처음부터 이상하다고 했는데, 난 별일 아닌 듯이 받아들였다. 실망 안 시키려는 동료들의 뒤늦은 반응에 고맙기도 하고 야속하기도 했다.

난 타고난 곱슬머리였다. 이만저만 심한 게 아니었다. 아버지를 쏙 빼닮았는데, 어린 마음에 엄마에게 왜 날 이렇게 나았냐며 애꿎은 한풀이를 해댔다. 식구 중 큰오빠가 찐 곱슬머리였다. 오빠는 바지 뒷주머니에 일명 노란색의 도끼빗을 가지고 다녔다. 빗은 바지 주머니 위로 노란색 손잡이가 보일 만큼 컸다. 장발이 유행하던 시기에 오빠는 늘 가지런하게 머리를 빗고 다녔다. 바람 부는 날이면 저 머리가 온전히 단정하게 붙어 있을까 싶기도 했다.

곱슬머리는 직장을 다니려고 하니 큰 고민거리였다. 대학교 때까지는 학생이니까 그냥 머리 끈으로 질끈 묶고 다니면 되었다. 곱슬머리 파마로 긴 머리를 해보았으나 그도 자꾸 방방 떠서 꼭 묶고 다녔다. 첫 직장은 집에서 한 시간 삼십 분이 걸렸다. 일찍 출근하려면 긴 머리는 감당이 안 되어서 짧게 잘랐다. 여전히 내 뜻대로 되지 않았다. 당시의 미용실에서 권하는 스트레이트파마를 해보지만, 일주일이 지나면 금세 원래 곱슬머리 상태로 되돌아가 미용실에 다녀온 보람이 없었다.

어느 날은 먹을거리를 사러 집 근처의 상가에 갔는데, 미용실 원장이 지나가는 날 불러 세웠다. "강남에서 요즘 뜨는 거야, 내가 진짜 심한 곱슬머리를 펴 봤는데 정말 좋아. 좀 비싼 게 흠이야, 그래도 이게 웬 거야. 우리 한번 해보자. 응?" 원장은 싱글벙글거렸다.

거의 네 시간이 걸렸다. 손이 많이 가는 시술이었다. 전에 하던 방법보다는 훨씬 좋았다. 단, 빗자루처럼 곧게 펴져서 머리카락이 좀 더 자라기 전의 이 주일 정도는 착 달라붙어 있었다. 역시 자연스럽지 않았다. 하지만, 세상 살면서 이렇게 삶이 행복해지는 순간은 처음이었다. 기술을 개발한 이에게 감사했다. '평생 불편하게 살아야 하나?'라는 불평이 없어지는 순간이었다. "앞으로는 기술이 좋아져서 더 간편한 방법이 나오겠지!" 희망을 품을 수 있었다.

동네 미용실이라 해도 비싸기는 매한가지였다. 그런데도 차라리 더 비싸더라도 제대로만 펴지기를 바랐다. 습기 많은 날, 미용실에 손님 많은 날은 피하는 게 낫다. 바쁜 원장의 손길이 훨씬 적어져서 이후의 머리 모양이 좋지 않았다. 수습생에게 한 스텝만 넘겨도 마찬가지였다. 그런데도 미용실에 다녀와서 들을 수 있는 말은 "단정하네." 정도였다. 평균의 반듯한 머리 모양을 따라가는 몸부림이며, 가성비로 따지자면 최저의 선택이었다. 스스로 위로하는 말이 있다. '70%만 만족하자.'

즐거운 한때를 더듬어 본다.

초등학교 5학년인지 6학년인지 기억이 가물가물하긴 하다. 부처님 오신 날에 글짓기 대회가 있다고 해서 글과 그림을 그리러 어딘가로 갔던 것 같다. 내가 지은 시의 내용을 지금 기억하기는 어렵다. 하지만 마지막에 '부처님 머리는 내 머리 같아요.'라는 구절을 썼던 것 같다. 뭐 특별히 의도가 있었던 건 아닌데 상을 받아서 어리둥절했었다.

부처님 머리도 곱슬곱슬, 내 머리도 곱슬곱슬, 모양새가 비슷해서 그렇게 썼다. 아주 간단히 적은 시로 앞부분은 평범했던 것 같다. '도대체 심사위원이 어떤 부분을 좋아했을까?' 하도 궁금하여 혼자서 요리조리 궁리했다. '부처님의 큰 뜻과 어린이의 성장이 닮아간다.' 분명 단순히 외모만 비유했을 뿐인데, 어른의 시선으로 해석하지 않았을까? 그나저나 곱슬머리가 주었던 첫 번째의 좋은 추억이었다.

나이 들어서도 머리를 짧게 자르고 스트레이트 파마한 날이면 엄청나게 들뜨기까지 했다. 미용실에서 손질해 주는 머리는 당일이 제일 멋있다. 내가 손질해서 나올 수 없는 모양이었다. 자기 전까지 휴대전화로 부지런히 사진을 찍어 댔다. 어쩌다가 아들 친구네 엄마가 사진을 보았다. "언제 찍은 사진이야, 옛날 사진을 왜 올렸어? 푸 인형은 왜 안고 있어?"

남편과 나는 낄낄대며 웃었다. 짧게 자르면 아주 어려 보였다. 곰돌이 푸(Pooh) 인형은 남편과 사귈 때 남편이 사 준 커다란 곰 인형이다. 빨간색 조끼를 입었고 얼굴, 몸 전체가 샛노란 색이라서 꽤 눈에 잘 띄고 귀여웠다. 푸 인형은 아이들보다 나이가 더 많은 형이고 오빠였다. 한동안, 이 사진으로 동네 엄마의 화젯거리가 되었다. 나는 구구절절이 설명이 안 되어서 웃기만 했었다.

세월이 흘러 나이가 들긴 했나 보다. 내 나이 사십 후반이 되니, 어려 보인다는 말이 그런대로 편하게 들렸다. 대부분 사람이 어려 보인다는 말이 나이 들어 보이는 것보다 훨씬 낫다고 하니 '그런가 보다.' 수긍했다.

요즘 아들 녀석이 부쩍 외모에 신경을 많이 쓴다. 유전인자가 있으니, 친구들보다 머리카락이 더 많이 빠진다고 할 정도로 스트레스를 받고 있다. 머리카락이 덜 빠지도록 약도 먹고 탈모 방지용 샴푸도 사용하고 영양제도 먹는다. 나와 비교하면 남자들의 탈모가 훨씬 불편할 것 같다. 아들의 표정을 보니 이제 나의 곱슬머리 불만은 이 정도만 해야겠다 싶었다.

내가 태어난 것이 내 뜻이 아니었고, 외모와 성격도 유전이 대부분이다. 살다 보니 이거저거 깨달아 간다. 없는 것을 바라기보다는 주어진 것에 의미를 찾고 마음 가볍게 살아가기를 말이다. 나에게만 있는 고유함을 알아내고 품격 있게 살아가는 것이 내 삶의 과제인 듯하다. 내 나이 들고 아이도 크고 직장에서도 내 아이처럼 느껴지는 어린 사회 초년생들과 일을 한다. 어린 동료들과 함께 꾸려가는 직장생활인지라 생각지 못했던 놀라움도 있다. 내가 사회 초년생이었을 때 상사들은 어떤 생각을 하고 있었던 걸까?

영어가 서툴러도
직장생활 할 수 있어

영어로 말하는 일상을 꿈꾼다. 열망과 관계없이 과거에 영어는 학교 교과목의 하나일 뿐이었다. 또래 대부분은 중학교부터 영어를 배웠다. 고등학교에 가니 외워야 할 단어와 동의어, 반의어의 양이 기하급수적으로 늘어갔다. 《성문법》과 《맨투맨》이라는 문법책을 봐야 했다. 해야 할 공부에 비해 흥미는 급격히 떨어졌다. 영어도 눈으로 외우고, 심지어 수학도 눈으로 풀었다. 두 과목은 연습장이 까맣게 되도록 쓰고, 풀어야 하는 건 학생이라면 다들 알 것이다. 혹, 영어는 아닐 수도 있겠다. 하지만 당시 영어 깜지 쓰기는 오른손 밑이 쓸려서 꽤 지저분했다.

대학교 입시를 준비하다 보니, 고등학교 3학년이 되어서야 영영사전을 뒤적거렸다. 모르는 단어를 찾고 밑줄 치며 외웠다. 몇 개월 사이에 사전은 너덜너덜해졌고 교과서보다 밑줄이 더 많았다. 하지만 나는 공부하는 순간에만 단어를 기억할 뿐, 머릿속에 오래 저장하지 못했다. 대학교 가서도 되풀이되었다. 가끔 영어로 된 논문을 해석하여 발표했는데, 사전 없이는 어려웠다. 대부분 학생은 토익, 토플 수업을 수강하거나, 시험도 치르고 분주했다. 난 애초에 영어 공부를 염두에 두지 않았다. 안 되는 공부를 붙들 필요가 없었다. 흥미가 없으니 헛수고일 거로 생각했다. 배짱 두둑하게 내 공부 목록에서 제외했다.

　　무역회사에서는 영어로 통화할 일이 가끔 생겼다. 담당한 업무처리는 문제없었으나, 영어에 울렁증이 있어서 국제전화가 걸려 오면 사장님께 재빨리 연결해 주었다. 정말 창피했지만 어쩔 수 없었다. 그럭저럭 잘 피해 다녔는데, 드디어 그도 먹히지 않는 곳에서 일하게 되었다. 연구소에서 내가 작동시켜야 할 장비의 안내서와 카탈로그 대부분이 영어였다. 대충 사전으로 단어 검색하면 이해할 수 있었으나, 영어 세미나, 장비 설명 동영상도 있었다. '이 일을 어쩌나?' 영어 원서도 해석 속도가 늦어서 답답하기가 이를 데 없었다.

마음을 다잡고 온라인으로 영어 공부를 시작했다. 온라인 영어라 아침, 저녁 시간에 따로 시간을 내기가 좋았다. 영어 발음을 익히고, 말을 해야 하는 상황이라 어린아이 둘을 둔 나는 좀 괴로웠다. 아침 일찍 아이들이 잠들어 있는데, 소리치며 하는 영어 공부가 조심스러웠다. 매번 발음, 엑센트, 문장 외치기를 연습했다. 소리를 좀 더 큰 소리로 내야 해서 야외에서 하면 더 좋았다. 일부러 집 밖으로 나가야 하니 그도 고역이었다.

난 말수가 적은 편이었다. 이른 아침부터 중얼거리기 시작하면 배도 고프고 머리도 띵 하니 무거워졌다. 같이 공부하는 학생과 직장인은 곧잘 하는 것 같았으나, 내 영어는 연습량에 비해 더디기만 했다. '하다 보면 되겠지.' 싶었는데, 어느 순간이면 소홀히 되어 원래의 수준으로 돌아와 버렸다. 2년이 넘게 공부하는데도 쉽지 않았다.

리듬감이 문제였다. 살면서 노래 못 부르는 건 괜찮았는데 영어 공부하면서 리듬을 못 타니 답답했다. 영어는 엇박자가 많다. 내가 좋아하는 노래는 대부분 정박자였다. 나의 영어 공부는 자격증이나 학과 공부에 비해 효율이 훨씬 떨어졌다.

영어 공부 모임의 리더는 대학생이었고, 멤버들이 영어를 꾸준히 연습하도록 독려했다. 저녁에 학교 강의실에서 모이기도 했다. 사내 영어 동아리도 참여했으나, 오히려 불편했다.

오고 가는 시간을 절약하기 위해서 회사 내에서 같이 공부할 수 있는 사람을 찾았다. 아침에 회사에 일찍 나와 큰 소리로 외치며 공부했다. 방음이 안 되었는지 옆 사무실에서 직장동료가 쫓아 왔다. "조용히 합시다." 어설픈 노래도 부르고 잘 안되는 덩어리 문장 연습한다고 꽥꽥 질러대어 여과 없이 들렸을 것이다. 어서 빨리 영어를 잘하면 좋겠다 싶었다.

내가 공부했던 온라인 영어 학원은 서울의 강남에서 오프라인 수업을 했다. 시간 여유가 있으면 하루 청강하러 갔다. 학생이 빽빽이 들어찬 강의실과 열정이 넘치는 강사들이 있어서 자극받기 좋았다. 팝송도 배우고, 영화 한 장면도 연습했다. 강사는 부모님과 함께 온 중학생을 칭찬하였고, 매일 새벽에 공부하는 나이 지긋한 회사의 CEO도 언급했다.

영어 공부 리더였던 학생은 어엿하게 영어 학원을 차렸다. 지금도 나는 영어에 자신이 없다. 어떤 날은 좀 되다가 어떤 날은 아예 입을 꼭 닫아 버린다. 영어가 아니라 우리말을 할 때도 그렇다. 못된 자존심인지 열등감인지 숨어 버린다. 누가 말을 걸어주면 주절주절 곧잘 대답한다. 말하기보다 듣는 게 편한 사람이라 영어 공부하다 보면 어려움이 많다. 이렇게까지 해야 하나 싶다가도 '좀 해두면 자신감도 생기고 영어로 된 정보 습득이 쉬워지겠지.' 생각하며 다시 힘을 냈다.

다 알겠지만 어떤 공부든지 학습 과정에서 임계점을 넘어야 하는 노력과 시간이 있다. 지지부진하기만 하던 영어 공부는 10년이 흐른 뒤에 다시 시작했다. 빨간 모자를 쓰신 영어 선생님의 온라인 영어를 수강했다. 우연히 잘 안되는 부분을 쉽게 설명하는 유튜브 강의를 보았다. 강의가 개설되자 바로 등록했고 매일 영상으로 인증했다. 하루 할당량을 채우느라 버스를 타다가 걸어가다가 외우고 말하기를 반복했다. 녹음을 올리려면 참 맘에 안 들었다. 앞부분이 괜찮으면 뒷부분이 맘에 안 들어서 몇 번을 다시 할 때도 있었다.

언어는 매일 반복이 중요하다. 너무 욕심부리지 않아야 지속할 수 있다. 조금만 더 해야지 하고 덤볐다가 무리하면 여지없이 다음날은 느슨해진다. 갈 길이 멀다는 생각이 떠오르면 좌절하기 쉽다. 꾸준히 할 수 있는 시스템의 중요성을 말해 뭐하겠는가. 안 하면 안 되는 루틴을 만들어 놓고 누군가와 응원하고 응원받을 수 있으면 쉬워진다. 어제보다 나은 나를 발견하면 마음이 뿌듯해진다.

요새 중국인 학생이 공부하러 왔다. 의사소통은 당연히 영어다. 첫 대면에서 대화를 시도했다가 그다음부터는 말하기를 꺼렸다. 습관처럼 입을 닫아 버리는 이유는 힘이 들어서였다. 말하는데 에너지 소모가 상당하다. 에너지 보존의 법칙을 잘 지키는 것일까?

잠시 주춤거리고 있다. 오늘도 조용히 용기 내어 시도하고, 실망하고 회복하고 도전한다.

내 영어 공부의 모습이 거북이와 같기도 하다. 육지에서 느린 거북이도 바다에선 유유자적하게 헤엄친다. 오래전에 보았던 와이키키 해변에서 자유로이 즐기는 서핑을 상상한다. 영어라는 파도 속에서 보드 위에 몸을 싣고 중심을 잡으려 애쓰는 중이다.

너덜대는 일상을
토로하기

시간이 빠르다.

벌써 내 나이가 이렇게 되었다니!

아이들이 많이 컸네!

흰머리가 늘어가는구나!

내가 보던 어린 시절의 환경은 굳이 찾아 나서야만 볼 수 있구나!

요즘 노래는 가사를 못 알아듣겠어!

한 박자 쉬면 벌써 한 소절이 지나가고 있네!

 세상 내가 모르는 축약어, 유행어를 단어 공부하듯 따져 보고, 되풀이해야 입력되는 일상은 불편한 걸까? 싫은 걸까? 그러면서도 나는 이 자리에 서서 살아 숨 쉬는 순간을 느끼며 마음의 평안함을 즐긴다.

고되고 힘든 일상이라 더 이상 유지 못 하겠다고 친구에게 전화해서 투덜거린 때가 엊그제 같다. 통화 중에 전화기 건너의 거리만큼이나 절반은 공감하고 절반은 이질감을 느꼈다. 결혼 후, 사는 지역과 환경이 많이 달라 나의 일상을 공유해 보지만 더 이상을 바라는 건 무리였다. 학창 시절에는 같이 걷기만 해도 충분하였다. 덩치만큼이나 잘 자란 나무인데도 다른 쪽을 향해 있는 가지와 같았다. 무엇을 묻고 답할 수 있겠나? 생각하다가도 전화기 너머 익숙한 목소리에서 힘을 얻곤 했다.

긴 전화 끝에 전화를 끊는 이유는 다양했다.

"버스를 타야 해."

"약속이 있는데 이제 나가 봐야 해."

"마트에 뭐 좀 사러 왔는데, 이제 계산해야 해."

"학원 갔던 아이가 들어온다, 그만 끊자."

집안일을 부지런히 하고 있는지 모르겠다. "이제 밥 먹어야 할 시간이야." 친구는 특별히 맺는 인사도 없이 전화를 끊었다. 길을 걷다가 허공을 바라보았다. 전화 끊고 난 뒤에 휑한 잔상으로 대학 시절 청초했던 앳된 친구의 얼굴이 떠올랐다. 지그시 웃음이 나오는 고운 기억만으로도 나에게 행복한 기운을 주는 친구였다. 전화를 걸어 일상만 나열해도 별 무리가 없었다. 직장에서 마비된 한숨을 잠깐이라도 위로해 주었다.

한마디로 답답한 직장생활의 돌파구가 필요했다. 가까운 계룡산의 동학사를 횡하니 둘러보러 갔다. 빽빽한 건물과 상점들을 벗어나면 쭉 뻗은 도로에는 달리는 차량만이 길을 밝혀줬다. 십여 분만 지나도 주위 풍경은 사뭇 달라졌다. 잘 닦인 도로 주변으로 멀찍이 나무들이 서 있었고, 그 너머로 산 언저리가 눈에 들어왔다. 계속 뻗어 갈 것 같은 도로도 박정자삼거리를 지나 구부정하게 방향을 바꿔었다. 박정자삼거리는 공주와 대전광역시 유성구 그리고, 계룡시를 이어주는 삼거리이다. 계룡산, 동학사에 도착하려면 늘 삼거리를 지나가야 한다. 지나면서 삼거리 이름이 어떻게 지어졌는지 궁금했다.

충남 공주의 반포면 학봉리는 밀양박씨의 선대 세 개의 묘가 자리 잡고 있었다고 한다. 명당자리이긴 하나 큰 재해가 있을 것이라는 말을 듣고 후손들이 느티나무를 심었는데, 350여 년의 세월이 지나 거목이 되었고 길손의 쉼터가 되었다. 사람들은 박 씨 성을 가진 사람이 삼거리에 정자나무를 심었다 하여 '박정자삼거리'라고 불렀다. 나무는 처음보다 많이 유실되어 지금은 두 그루만 남아 있다고 한다. 박정자삼거리에서 잠시 신호대기 한 적은 있으나, 굳이 멈춰 서서 둘러보지는 못했다. 뒤늦게 알게 된 이야기가 마음을 훈훈하게 했다.

굽어진 도로를 따라 좀 더 들어가면 양쪽으로 가로수가 펼쳐지고, 여느 곳처럼 국립공원의 풍채를 볼 수 있었다. 입구 주차장에 자동차를 주차했다. 가끔은 버스를 타고 갈 때도 있었다. 주변 음식점에서 풍기는 음식 냄새에 취했다. 길거리에 즐비한 김밥, 어묵과 국물, 막걸리, 군밤, 산나물, 약초, 특산품을 쭉 훑어보며 걸음을 재촉했다. 잠시 시간을 낸 걸음이라 계룡산을 오를 마음은 없었다. 하지만 동학사까지는 충분히 걸어 봄 직했다.

오고 가는 사람들과 시원한 산속의 기운, 물 흐르는 소리, 계곡을 따라 흐르는 물과 함께 아무렇게나 널브러져 있는 제각각의 돌을 하나하나 눈에 담았다. 나도 모르게 "아~ 시원하다!" 연발 터져 나왔다. 걸음이 가벼워졌다. 혼자라서 더 가벼운 듯했다. 직장에서 있었던 일도, 아이들을 보살펴야 하는 일도 계룡산 입구에 들어서면서 모두 사라졌다.

한 걸음 한 걸음 걸어 올라가다 보면 동학사 일주문에 다다르고 "계룡산 동학사" 현판을 보면서 마음은 더욱 가벼워졌다. 걷다 보면 이내 산 내 암자들이 나왔다. 관음암, 문수암, 길상암, 미타암을 지나 드디어 동학사에 도착했다.

친구에게 하소연도 번거로워 마음의 평화로움을 얻고자 찾은 동학사였다. 봄, 여름, 가을, 겨울 할 것 없이 산세의 시원한 기운이 몸으로 기어들었다. '참, 오기를 잘했다.'

난 종교가 있는지 없는지 모르겠다. 마음속에서는 유교, 불교의 기운이 있는 듯하나, 누군가 내게 종교가 있냐고 물으면 두말도 안 하고 없다고 답했다. 일상에 종교 활동이 아닌 마음의 종교라 그런듯하다. 규범을 동반한 일상의 종교 활동이 내게는 쉽지 않았다.

몹시 추운 날만 아니면 법당문은 열려 있었다. 법당을 드나드는 스님과 절하는 이들을 빼꼼히 보았다. 세상 다 용서할 것 같은 얼굴을 한 불상을 보면서 '아무 말 하지 않아도 나의 마음을 알아주는 걸까?' 마음을 건네보았다. 내가 말을 안 해도 군이 답하지 않아도 나의 일상을 지긋이 알아주는 듯하여 자꾸 동학사에 왔나 보다. 뚜렷한 답은 없었다. 하지만 마음이 차분히 가라앉는 건 사실이었다. 산속에 들어와서는 세상의 누구와 통화를 해도 그이의 심정을 이해할 것만 같았다.

동학사 마당 앞에 마련된 의자에 앉아 넋을 놓고 삼십 분이나 한 시간쯤을 보냈다. 사람들이 오갔다. 단체로 군인 훈련생도 왔다. 짧은 머리와 다부진 체격으로 여자인지 남자인지 얼른 구별을 못 하다가 친구들과 장난하는 모습을 보고 여자, 남자 훈련생이 다 있다는 것을 알았다. 서로 법당에 들어가 절하고 소원 빌라고 등 떠미는 어린 생도들이 귀여웠다.

갑자기 북적거리는 마당을 뒤로 하고 다시 원래의 입구로 터덜터덜 내려갔다. 올 때의 번잡한 생각은 갈 때의 고요함으로 변했다. 배고픔에 잠시 주변을 둘러보다가 길거리 어묵과 국물을 들이켰다. 그도 시원하지만 잘 먹지 않은 컵라면이 마구 당겼다. 편의점에 들어가서 컵라면 하나를 술 먹은 다음 날의 해장국 먹듯 먹어 치웠다.

친구의 아쉬운 통화가 여의찮아 시간을 내어 동학사의 시원한 바람을 맞았다. 한편, 나보다 나를 더 잘 알아차리는 어린 친구이자 길게 통화해도 늘 받아주는 인생의 선배에게 일상을 토로했다. 끈질기게 들어주는 친구의 인내심에 감동했다. 이이는 잘 들어주기도 하지만 내가 잘못하고 있다며 야단도 쳤다. 때로는 이런 방법을 써보라며 의견을 말해줬다. 반대로 내가 친구의 요즘 일상을 듣기도 했다. 결론이 잘 나지 않는 반복되는 통화이지만 나를 위해 시간을 내주는 친구가 고맙다.

보이지 않는 것들의
반란

　'방사선'이라고 하면 떠오르는 과학자가 있나요?

　어린 시절의 과학 시간이나 과학위인전에서 마리 퀴리를 본 적이 있을 것이다. 여성 최초 노벨상 수상자이다. 방사선 분야의 구체적인 업적에 대해 잘 모를지라도 이름은 익숙하다. 과학이란 말만 들어도 머리가 복잡하다 느낄 수도 있고, 방사선을 떠올리면 두려움이 앞설 수도 있다.

　그럼, 흥행을 불러왔던 SF 영화를 떠올려 보자. 나는 마블 영화를 좋아한다. 맨 처음 본 영화는 '스파이더맨'이었다. 인간이면서도 초능력을 가진 주인공이 내 마음을 사로잡았다. '어메이징 스파이더맨'에서 평범한 고등학생인 피터 파커는 방사성 거미에게 물려 거미와 같은 초능력을 가졌다. 자신마

저도 놀라워했던 힘을 이용하여 위험에 빠진 사람들을 구했다. 영화 '아이언맨'에서 토니 스타크는 공학 천재로서 '아이언맨 수트'를 만들었다. 로봇 수트의 가슴에 있는 '아크 리액터'에서 에너지를 얻는다. 이는 핵융합반응과 플라스마 원리로 작동하는 소형발전기이다. '헐크'에서 부르스 배너 박사는 핵물리학자로서 실험 중 감마 폭탄의 폭발로 강력한 힘을 얻었다. 영화 속 상상의 주인공은 방사선의 영향으로 강한 힘을 얻었고, 세상을 구해서 사람들에게 감동과 흥미를 주었다.

일상에서 우리는 무엇을 발견할 수 있을까? 나를 비롯한 생활인은 자연 현상을 무심히 지나치지만, 과학자들은 보이지 않는 것을 증명하려고 노력했다.

우주에는 우주방사선이 있다. 지구에도 방사선이 존재한다. 독일의 과학자 빌헬름 뢴트겐은 음극선관을 실험하다가 정체 모를 빛, X선을 발견하였다. 프랑스의 물리학자 앙리 베크렐이 우라늄 화합물에서 방사선을 발견하였다. 제자인 마리 퀴리는 남편 피에르 퀴리와 함께 자연의 광석인 피치블렌드에서 우라늄, 폴로늄, 라듐 등 방사성물질을 발견, 분리를 시작으로 이후의 방사선 의학 연구에 이바지했다.

과거 2차 세계대전의 원자폭탄 투하와 체르노빌 사건과 후쿠시마 원자력 발전소 사고로 인해 매우 위험하다는 인식이 더 클 것으로 안다. 과학의 발전은 위험을 안고 있으나, 순기능을 잘 이용하면 우리의 삶에 이로움을 준다. 의학 분야의 진단과 치료뿐만 아니라 산업, 바이오, 환경 등 우리의 생활에 깊숙이 스며들어 있다.

매일 사용하는 불을 생각해 보자. 마찬가지로 이로움과 위험이 있다. 우리는 음식을 만들기 위해 가스레인지를 자연스럽게 켠다. 캠핑이라도 가서 불을 이용할라치면 숯, 화로, 장작, 라이터 또는 부싯돌 역할을 하는 파이어 스틸 등 준비할 도구가 많다. 집에서 손쉽게 가스레인지를 켜서 음식을 맛있게 해 먹을 수 있으니 더없이 편하고 감사한 일이다.

하지만 화재 사고 소식도 종종 듣는다. 어제는 막 잠이 들려는 밤중에 화재 경보가 울렸다. 요란한 경보와 대피하라는 방송이 흘러나왔다. 설마 내가 사는 곳에 불이 나겠느냐는 의문과 동시에 아파트 밖으로 재빨리 뛰쳐나갔다. 다행히 옆집에서 음식을 하는데 연기가 감지되어 울린 경보라는 걸 알았고, 놀라기는 했으나, 안전장치가 잘 작동하고 있어서 안심이었다. 가끔 주변의 상가나 공장, 물류 센터에 큰불이 나서 손실이 크다는 뉴스를 들으면 가슴이 먹먹해졌다. 안타까움과 함께 나도 피해자가 될 수 있다는 두려움이 밀려왔고, 어떻게 하면 피해를 막을 수 있을까 하는 대책도 잠시 생각했다. 가

끔 직장에서 화재 대처 훈련하면 실제보다 간단하여 따로 상
상해 보았다.

알 수 없는 내일의 일을 생각하면 막연하다는 이유만으로
두렵다. 나는 일상에서 방사선에 대한 의구심이 별로 없었다.
매년 시행하는 기본 건강검진에서 엑스선을 이용하니 자연
스럽다고나 할까. 건강진단 이외에도 아이가 발을 헛디뎌서
발목이 삐었을 때, 허리가 삐끗하여 놀랐을 때, 치과에서 치
아 배열과 상한 곳이 없는지 알아보려 할 때도 엑스선으로 촬
영했다. 한번은 엄마가 편찮으셔서 가슴 촬영하여 폐 질환을
발견했는데, 익숙한 진단 방법으로 질병을 알아낼 수 있어서
두렵기보다 고마웠다.

내가 직업으로 방사선 분야를 선택했을 때 비로소 방사선
량에 따른 장해방어를 알았다. 일상의 자연방사선뿐만이 아
니라 의료의 진단이나 치료방사선이 있고, 방사선 작업종사
자에 허용하는 선량한도가 있다. 암 환자의 경우 치료 목적으
로 일시적으로 높은 방사선량을 맞을 수도 있다. 구조물의 용
접이 잘 되어 있는지 판단하는 방사선투과검사에서 방사선
은 보이지 않은 구조물의 결함을 진단한다. 또한 방사선은 병
원의 의료용품이나, 연구기관의 실험 물품을 멸균하기 위해
사용한다. 방사선을 사용하는 모든 방사선시설은 최소한 방

사선이 방출되도록 설계하고, 관리구역을 드나드는 작업자가 맞는 방사선량은 항상 모니터링된다.

나는 방사선 사용에 대해 이렇게 말하고 싶다. '이로운 기능은 이롭게 사용하고 두려운 기능은 두렵게 사용한다.' 우리는 과학의 발전과 더불어 과거의 경험으로 순기능과 역기능을 익히 알고 있다. 순기능을 어떻게 잘 이용할지에 집중하고, 역기능은 어려운 상황을 조심히 다스리며 사용해야 한다. 방사선 지식, 정보를 적용하는 과정에서 최적의 시스템이 되기 위한 노력이 필요하다.

방사선은 자연이다. 자연스럽게 환경에 배어 있는 개체이다. 내 삶을 행복하게 영위할 수 있도록 나를 알아가고 주변 이들과 상호작용하며 산다. 그러하듯 방사선이 가지고 있는 고유한 장점을 이용하고 활용한다면 일상은 윤택해질 것이다.

방사선 안전관리자로서 나의 비전은 무엇일까? '보이지 않는 빛을 드러내어 사람들의 행복을 돕는 일'이라 하겠다. 소셜 미디어가 일상이 되어 세상의 흐름이 무척 빠르다. 잠시 멈춰 뒤돌아보았다. 너무나 익숙하여 직장생활의 의미가 흐릿해지려 할 때 자연과 생활의 일부인 방사선을 재해석하고 재발견하는 지혜를 얻는 중이다.

내 자리는
내가 지킨다

해가 바뀌었다.

직장생활을 좀 했다 생각되고 8년이 넘어가는 즈음부터는 팀장님, 부장님이 호출하면 나도 모르게 가슴이 답답했다. 평가 시즌이 끝나고 홈페이지의 인사 정보를 클릭했다. 팔딱거리는 심장이 그만 멈출 것 같았다. 작년 승진 후, 첫 평가 점수는 'C'였다. 1년 내내 방사선안전관리 하라 세포 키우라 동분서주했는데, 노고도 아랑곳하지 않는 평가였다. 'B'라고 해도 사실 서운했을 것이다. 남들은 하나만 하는데, 난 뭐 누가 시키지도 않는데 자진해서 세포들 밥 먹이느라 살피느라 성심을 다했다. 직원의 수가 많아서 뒤로 밀렸나 할 정도의 점수가 'B'이기 때문이다.

"나는 뭐 그 점수 안 받아본 줄 아니? 나도 그때는 죽겠더라. 근데, 그런 사람이 엄청 많아. 그거 아니? 그러던 사람이 나중에는 더 잘했거든. 한번 해봐."

실제 반말이었는지 기억이 흐릿하나, 당시만 해도 평상시에 내게 했던 어투와 매우 달랐다. 부장님도 평가 점수를 줄 때 엄청나게 고심했다는 것이다.

'남은 왜 들먹이고 그러는지 몰라.' 따로 불러서 설명하는 부장님의 말이 머릿속을 헤집었다.

이직으로 곧 퇴사하는 팀장님은 내가 안타까워 자신이 내 평가 점수를 가져가겠다고 한다. 부장님이 극구 팀장님의 결정을 거두라고 했다. 남아 있는 사람이 자기 몫을 스스로 해결해야 한다고 했다. 자극받으라고 하는 건지 나무라는 건지 이해하기 어려운 소리였다. 물론 이번에 그만두는 팀장님은 정말 뛰어난 분이었다. 어엿한 신제품을 하나 개발했다. 나와 팀장님의 평가를 뒤집는 일은 처음부터 성립하지 않는 말이었다.

경쟁 사회에서 이만한 정도는 다 있을 것이다. '앞으로 내가 잘하면 되지!' 금방 마음 가볍게 생각했다. 대부분 연구원은 자신의 전공 분야에서 일했다. 난 경우가 달라 매번 다른 노력이 필요했다. 성격이 다른 분야를 겸하는 일은 때때로 좋았으나 때때로 고달팠다. 짧은 기간의 멀티플레이는 가능하지만 한 분야를 깊이 들어가려면 집중력과 에너지가 더 필요했다.

상사들은 나의 일에 가타부타 말이 없었다. 내 업무는 아는 둥 마는 둥 기준이 없고 팀에서 관심 있어 하는 일만 끌고 갔다. 엄밀히 말해 상사 관점에서 나의 일은 엑스트라였다. 처음부터 업무를 어떻게 해줬으면 좋겠다든지, 아니면 평가는 어떤 식으로 할 테니 어떤 부분을 중점적으로 해달라고 기준을 정해주면 될 일이었다. 이런 상황이 맘에 들지 않았지만 내가 요청할 것도 없었다. 그래서, 내 일도 열심히 하고, 팀에서 할 수 있는 실험에 열중했다.

'살다 보면 이만한 일은 계속 생긴다고 봐야지. 이런 일로 무너질 나도 아니고, 집에 가서 맛있는 거나 먹자.' 혼자 야속함을 달랬다.

팀의 특성에 따라 성과가 잘 나오는 분야가 있었다. 내가 거기에서 실력자거나 같은 소속이면 해볼 만했다. 결과도 잘 나오는 일이기에 하는 일에 쉽게 자부심을 느낄 수 있었다. 하지만 주요 업무가 아닌 지원 업무의 경우, 참 애매했다. 보고할 때도 '내 업무에 대해서 얼마나 관심이 있는 걸까? 다 이해하고 듣는 걸까? 이 이야기를 얼마나 반복해야 할까?' 이런 의심이 자꾸 들면 내 일이 시원치 않은 듯했고 팀장님에 대한 믿음이 사라지곤 했다.

'어떻게 현명하게 내 일을 풀어갈 수 있을까?' 상사의 역할에 따라 부하직원의 성과 해석 정도가 바뀔 수 있었다. 연구 결과뿐만이 아니라 회사 경영 방침과 환경과 인력 배치 흐름이 달라지기도 한다. 성과를 내기 위해서 조직 개편과 직원의 부서 이동은 자연스러운 현상이었다. 부하직원이라도 조직을 아래에서 들여다보면 답이 없다. 상사나 경영자 관점에서 접근하면 의사결정도 결과도 만족스러울 것이다. 조직에 몸담고 있으니, 그에 상응하는 생각들이 필요했다.

가정에서도 직장에서도 필요한 것은 대화이다. 사람과 관계하기 때문이리라. 전문성 이외에 여러 문제를 해결하는데 의사소통만 한 게 없다. 의사소통은 현재의 위치에서 현상을 묻고 답을 찾아가는 지혜이다. 개인의 책임 영역에 대한 기대와 우선순위를 명확하게 이해하려면 소속한 조직의 상사와 주기적으로 대화를 해야 한다. 피드백이 충분하면 절대로 원하지 않는 일이 발생하지 않는다. 따라서 평가 시즌에 얼굴 붉힐 일은 더더욱 없을 것이다.

내가 아는 직장동료는 의사소통을 잘했다. 부드러운 말투로 자신의 의견을 조목조목 이야기했다. 때로는 거북할 만도 한데, 진솔하게 자기의 의견을 말했다. 현재 상황에서 어렵다는 표현도 화내거나 퉁명스럽게 하지 않았다. 들어보니, 어린 시절에 아빠와 대화가 많았다고 한다. 아빠가 하나하나 참견하여 불편한 일도 있었지만, 소소한 생각과 학교에서 있었던 일을 자주 이야기했다고 한다.

상사는 그녀를 자주 호출했었고, 나는 어떤 이야기가 오고 갔는지 소소히 들을 수 있었다. 직장에서 잘 통하는 동료가 있으니 좋았다. 난 이야기를 들어주는 편이었다. 아마도 말수가 없는 집안 분위기 때문이라 생각한다.

엄마는 시종일관 내게 말을 시켰지만, 아버지의 말씀은 하루가 다 지나도록 몇 마디 없었다. 아쉬운 대로 깨달았다. 사람과 일에 관심을 두고 일상에서 자주 대화해야 한다. 아주 가까운 사이에도 생각 차이는 늘 있다. 서로 이야기를 나누다 보면 알아가고 맞춰갈 수 있고, 일도 잘되는 법이다. 대화는 가정에서 가족과 화목하게 지내고 직장에서는 서로 상생하는 삶의 기본이라 하겠다. 나는 직장에서 전문성으로 자리를 유지하였으나, 의사소통 능력이 부족하다고 느꼈다.

관심과 대화는 무형의 든든한 힘이 될 것이다. 말로는 쉬우나 실제 실천하기 어렵다는 걸 알기에 소통하기 위한 작은 습관 기르기를 강조한다.

프로젝트가
프로를 말하다

일의 반전을 고심하고 있었다.

보통 삼 년 주기로 원장님이 바뀌었는데, 직면한 현안을 해결하기 위한 TFT 활동인 '뉴런'이 만들어졌다. 그전에도 간간이 진행되고 있었으나, 대대적으로 전반기, 하반기로 나눠 과제 참여를 권장했다. 전반기의 과제를 살펴보는 중 나도 결심했다. 내가 회사에 들어온 지 8년이 지났는데 단 한 번도 시원하게 일을 해보지 못했기 때문이다. 답답해하는 연구원들의 요구사항을 해결할 기회였다. 나는 TFT 리더의 역할이고, 전체 진행을 도와주는 퍼실리테이터 한 명과 다른 부서의 연구원 다섯 명을 선정했다. 의견이 많은 연구원에게 목표와 필요 사항을 설명하고 꼭 참여해 주기를 부탁했다.

나는 회사에 유일한 방사선 안전관리자였다. 내가 입사하기 전에도 방사성물질을 사용하기 위해 방사선시설이 있었고, 계속 연구 업무에 활용해 왔다. 그러던 중에 회사는 더 효율적인 관리를 원했고, 내가 채용되었다. 물론 좋았다. 연구원들은 방사선안전관리의 영역을 많이 이해해 주고 필요한 부분은 언제든지 협력했다.

문제는 적절하지 않은 시설이었다. 연구원들이 사용하려고 하면 조명도 어둡고 작업 동선이 불편해서 관련 규정을 지키기에는 적합하지 않았다. 사소한 안전 도구 사용에서 폐기까지 일관된 절차가 없으니, 연구원은 일반 실험실에서 하듯 실험하고 적당히 정리하고 나가기를 반복하고 있었다. 법 규정에 따르면 실험 과정에서 기록, 측정, 폐기물 분류를 바로바로 해야 했다. 제때 처리하지 않으면 폐기물을 분류하기 위해서 시간을 별도로 내야 했다. 따라서, 시설 환경과 사용 절차 변경에 집중했다.

매년 문제점의 개선을 제안했지만, 예산 순위에 밀려 8년이란 세월이 흘렀다. 그동안 소소한 실험 기자재는 마련하였으나, 시설까지 변경해야 하니 윗분들을 설득하기가 이만저만 어려운 게 아니었다. 전년도에는 전체 실험실 배치 변경을 기획했는데 그도 물 건너가서 굉장히 실망하고 있는 차였다. TFT를 이용할 기회였다.

동참하고 있는 연구원 중의 한 명이 동물실험실의 환경을 벤치마킹하자는 의견을 주었다. 실험 과정 자체가 사용자에게 불편한 과정이기에 되도록 절차 개선에 집중했다. 일을 진행하면서 매 순간이 흥분이었다. 때마침 마인드맵을 알게 되었다. 일부러 시간을 내어 서울에 가서 교육을 수강했다. TFT를 운영해야 하니, 모두가 모이는 회의 시간에 효과적으로 미팅하기 위해 마인드맵을 적용했다. 의견이 나오면 바로 기록하고 내용을 분류하기 쉬워서 따로 회의록을 작성하지 않아도 되었다. 문제점과 실행해야 할 일을 쉽게 구분하였다.

TFT의 팀원은 각자 자신이 담당하는 연구 업무를 하면서도 틈틈이 아이디어를 제공해 주었다. 혼자 할 때보다 팀원의 생각이 보태지니 탄력이 붙었다.

TFT 과제는 생산 공정 개선, 제품 개선 등 풀어나가기가 까다로운 과제도 있었다. 그에 비해 나의 과제는 과정이나 결과가 비교적 명료했다. 사실 묵혀둔 세월이 있었던 터라 더 이상 두고 볼 수만 없었던 과제였다.

과제 진행 후 결과 발표도 준비했다. 시설 변경 공사는 오히려 쉬웠다. 200명이 넘게 참석하는 대강당에서 발표하려니 난감하기 짝이 없었다. 리허설이 있었다. 좀 부드럽게 해 보려고 하니 대본이 있는데도 다른 말이 나오고 점점 길어지며 힘이 없어졌다. 한마디로 말하고자 하는 내용이 횡설수설하여 삼천포로 빠졌다.

때마침 어찌 돼가는지 한번 둘러보시던 상무님이 한마디 했다. "하고 싶은 말을 명료하게 해~", 내 마음을 아는 듯 씩 웃으셨다. 정신이 번쩍 들었다. '이건 실전이다. 딱 한 번밖에 없다. 많은 걸 한 번에 줄 수는 없다. 그래, 정확히 전달만 하자' 마음먹었다.

발표 순간에 긴장감은 이루 말할 수 없었다. 처음이었다. 그런데도 이 말만큼은 꼭 해주고 싶었다. 방사선 안전관리자로서 전 직원에게 주는 메시지였다.

"방사성동위원소는 사용하기도 관리하기도 불편합니다. 하지만 이를 이용한 결과는 정말 뚜렷합니다. 이런 불편함을 마다하지 않고 연구에 전념해 왔던 그간의 연구원들에게 깊이 감사해야 합니다. 불안감을 안고도 두려운 대상이 아닌 이로움을 위해 수고하셨으니, 그분들에게 감사와 칭찬을 아끼지 말아 주십시오."

모든 발표가 끝나고 시상식 차례가 되었다. 본사와 공장, 연구소의 전 직원이 모였다. 회사 홈페이지의 인명부에서만 보았던 사진 속 연구원의 얼굴을 실제로 볼 기회였다.

"장려상, 우수상, 최우수상 순서로 수상하겠습니다."

모든 직원은 어느 팀이 호명될지 궁금해하며 귀 기울이고 있었다. 이번 행사는 전사 차원에서 처음 있는 TFT 과제라서 규모도 꽤 컸다. 나는 과제 발표가 끝난 뒤 그동안의 피로가 누적되어 의자에 앉아있어도 내가 아닌 딴 사람 같았다.

앞서 다른 팀이 호명되었고, 긴장감이 계속되는 가운데, 장려상 두 팀 중에 내 과제가 불렸다. 박수 소리와 함성이 연이어 터졌다. 그동안의 답답함이 다 날아가는 듯했다. 한편, 극도의 긴장감으로 기쁜 마음과 달리 다리도 후들거리고 손도 떨렸다.

아뿔싸! 사고가 생겼다. 상장과 꽃다발을 받다가 그만 꽃다발을 놓치고 말았다. 원장님이 건네준 꽃다발이 전 직원이 바라보고 있는데 바닥으로 툭 떨어졌다. 어찌해볼 시간도 없었다. 기다란 꽃다발이 좀 커 보이기는 했으나 그렇게 무거운 줄 상상하지 못했다. 무게가 웬만한 상패보다 더했다. 그 결에 얼굴은 더 달아올랐다.

"왜요? 최우수상이 아니어서 내팽개쳤어요?" 누군가 지나가며 이야기했다.

'아 그게 아닌데.' 상황은 늘 내가 생각하는 것보다 멀리 갔다. 생각지 못한 엉뚱한 사건으로 뒤숭숭했지만, 다음날도 연이어 축하 인사를 받았다. 조금씩 제정신으로 돌아왔다.

비록 내가 주도한 과제였지만, 팀원들의 참여와 열정으로 만들어낸 성과였다. 처음에 그들의 아이디어를 들으면서도 내가 제대로 실현할 수 있을지에 의문을 가졌었다. 내가 자신 없어 할 때마다 팀원들은 가능하다고 힘을 실어주었다. 나의 간절함을 알아주기라도 하듯이 바라는 바가 이뤄졌다. 멋진 날이었다.

독서로
나를 무장하라

세상 마음이 어지러울 때는 현자들의 목소리가 가장 좋았다.

나는 평상시 가볍게 읽을 수 있는 법정 스님의 책을 좋아했다. 단출한 삶을 엿볼 수 있어서 초연해졌다. 복잡했던 생각들이 쉬이 정리되었다.

어느 해는 성인이 쓴소리해주면 좋겠다고 생각하여 《내 인생을 바꾸는 5분 생각》이라는 책을 샀다. 경전에 나오는 문장의 낱글자, 출전, 해석과 현대에 적용할 수 있는 이야기였다. 작가는 2006년~2007년 MBC 라디오 표준FM 〈아침 풍경 강영은입니다〉에서 '동인 생각' 코너를 담당했고, 라디오 진행했던 내용을 책으로 엮은 것이다. 방송은 매일 5시 5분에 시작되었는데, 5분가량 문장을 소개했다. 그나저나 숫자 '5'의 행렬이다. 초등학교 6학년까지의 내 번호는 50번대였고, '55' 번인 적도 있었다. 책 내용과 별개로 라디오 방송 시간과 분량의 숫자 '5'마저 내 흥미를 끌었다.

나는 매일 새벽에 한자도 따라 쓰고, 뜻풀이도 따라서 써봤다. 정갈한 글씨로 예쁘게 썼다. 중학교 때 칠판 가득히 한자를 써 내려가는 한문 시간이 생각났다. 칠판에 하나하나 쓴 단정한 글씨만큼 선생님은 정성스레 수업했다. 나는 시험 보는 날이면 기대에 못 미칠까 두려워 밤새 한자를 외웠다. 다른 과목에 치여 늦게 공부하였다. 날이 밝으면 아침을 먹는 둥 마는 둥 하고 학교에 갔다. 시험지를 받자마자 시험지 한쪽에 잘 안 외워진 글자를 써 놓았다. 시험이 끝나면 애석하게도 외웠던 한자는 어디론가 휘발하였다.

한동안 한자를 접할 일이 없어서 필사하는 손이 어색했다. 새끼손가락을 제일 아래에 바짝 붙여서 쓸까? 아니면 네 개의 손가락 밖으로 새끼손가락을 빼서 손을 가볍게 지지할까? 글 쓰다 쓸데없이 손가락 위치를 잡느라 애쓰기도 했다.

서울에서 잠깐 같이 살았던 막내 이모는 내게 엄마의 안부를 자주 묻곤 했다. 막내 이모는 열 명의 형제자매 중에 둘째인 엄마와 나이 차이가 꽤 났다. 어려서부터 엄마를 자주 보지 못했다. 집안일 잘하는 엄마는 동생 업고 다니느라 초등학교를 못 갔다. 엄마는 한문 훈장 선생님인 할아버지께 마을 아이들이 한문 공부하는 동안 어깨 너머로 글을 배운 게 전부였다. 시집와서는 동네 야학에 나가 글과 숫자 계산을 배우셨다. 외할아버지는 아들을 고등학교, 대학교까지 보내려고 했으나 딸은 학교를 보내지 않았다. 엄마는 늘 서러워했다.

"엄마는 네가 공부하도록 힘껏 돌봐주셨으니 엄마가 알든 모르든 간에 잘 알려 드려야 한다." 이모는 내게 말했다. 엄마와 나는 일상의 대화는 많았다. 하지만, 배우는 거나 알 거리에 대해서 별로 이야기한 바가 없었다. 아! 엄마의 헌신적인 사랑은 항상 고맙다고 생각했는데, 실제 생활에서는 얕은 생각으로 엄마를 대했구나 싶었다. 마음이 먹먹했다.

공자와 제자인 안회와 자로가 모여서 나누었던 이야기가 있다. 제자가 스승인 공자에게 희망 사항을 물었다. 공자는 '노인들을 편안하게 해주고 벗들에게 믿음을 주며 젊은이들이 그리워하도록 하는 것'이라 했다. 《논어》의 '공야장' 편에 나오는 '노자안지(老者安之)'에 눈길이 갔다. 뜻은 '노인들을 편안하게 한다.'이다. 나는 홀로서기 직장생활 새내기 시절을 지나고 나 살기에 바빠 엄마께 무심했다. 죄송했다.

분주히 살아가는 일상에서 누군가와 의견 충돌이 있으면 가슴이 철렁 내려앉았다. 팀원 중에 늘 부정적인 얘기가 끊이지 않는 이가 있었다. 애써 좋은 말을 해줘도 돌아오는 건 참 불편한 말뿐이니, 내가 어찌해야 하나 싶었다. 다독거리느라, 새로 맡은 업무 파악하느라 애먹었다.

일하다 갑자기 얼굴이 묵직해짐을 느꼈다. 턱이 매우 뻣뻣했다. 턱이 평상시보다 반 정도만 벌어졌다. 밥 먹거나 말하기도 힘들어서 잘한다는 턱관절 전문 한의원을 찾아갔다. 일반적인 턱관절 이상 증상을 비디오로 보여주는데, 아차 싶었다. 자세도 구부정하니 목이며 턱이며 하중이 걸렸을 것이다. 또한, 밤에 나도 모르게 입을 꽉 다물고 잤으면 턱관절에 무리가 생겼을 것이다. 내 턱은 이전에도 음식을 먹거나 하품할 때 '우두둑', '찌글찌글' 소리가 자주 났다. 드디어 탈이 났다. 한의사의 권유로 엑스선 촬영으로 진단하였고 침도 맞으며 한약도 지었다. 얼마 지나서 증상이 호전되어 상추쌈을 실컷 먹을 수 있었다. 새로운 기쁨이었다.

《논어》에서 '군자불기(君子不器)'라 하여 '자신을 성찰해 남과 조화를 이뤄야 한다.'라는 말이 있다. 공자는 군자를 도덕적 인격자로 말한다. 끊임없이 자신을 성찰하고 닦아 세상을 평화롭게 할 수 있는 덕을 이룬 존재가 되어야 한다. '군자는 한정된 용도에 국한된 존재가 아니다.' 나는 일에 임할 때 전문가로서 자질을 가지려고만 했다. 공자가 말하듯 직업의 문제가 아닌 인품과 인격을 수양해야 한다는 말을 새겼다. 공자가 군자라고 칭송한 '거백옥'은 나이 50세에 49년 동안의 잘못을 알았고, 나이 60세가 되었을 때 60번 변화했다고 한다. 한순간도 자신을 돌아봄에 게으르지 않았다 했다.

또한, 공자의 말씀을 풀어나가는 책 《내 인생을 바꾸는 5분 생각》(원앤원북스, 2010)의 저자 권경자는 서문에서 이렇게 말했다. '세상을 바꾸겠다는 신념을 가진 사람들이 의외로 많은 세상이다. 하지만, 세상을 바꾸기 위해 먼저 해야 할 일은 자신을 돌보는 일이며, 이를 위해 자신을 닦는 것부터 시작해야 한다.'

매일 아침 독서는 나를 돌이켜 보는 시간이었다. 주변을 탓하기 전에 나 자신을 갈고닦는 게 우선임을 들어서 알고 있었으나, 순간순간 다가오는 좌절에 경전 한 구절씩 읽고 쓰며 의지해 보았다. 실천은 어려웠으나 필사하는 순간만큼은 다짐하고 또 다짐하였다. '오늘도 하루를 넓은 마음으로 나를 데리고 살아봐야겠다고.'

놀이하고 일할 때만큼은 재밌게 놀고 치열하게 일했으면 좋겠습니다. 순간의 이기는 즐거움도, 지는 아쉬움도 이후에는 아무 상관 없다는 듯 툴툴 털어버리는 삶이기를 바랍니다.

네 번째 행복
평생 직장은 아니지 말입니다

참을 수 없는
존재의 가벼움

"소리 들려?" 복도를 지나고 있는데 옆 동료가 말했다.

어디선가 노랫소리가 들렸다. 내가 아는 한 여기는 회사이고, 음악을 듣는다면 반주가 있었을 것이다. 그러나 생목소리였다.

"응, 분명 노랫소리네, 누구야?"

사실 난 일하는 데 신경 쓰느라 무심했다. 가만히 노래를 들으니 안쓰러웠다. 청정구역으로 격리된 실험실에서 어떻게든 즐거움을 느껴보려는 몸부림이었다. '그래도 잘하니까 노래도 하는 것이지.' 벽을 타고 소리가 흘러나올 정도면 성량도 꽤 좋았다.

직장에서 일한 지 여러 해가 되다 보니 내가 생각지 못했던 팀으로 배정되었다. 아주 생뚱맞지 않아서 나름 역할을 소화했다. 동료는 나를 꽤 궁금해하여 매사 말을 붙였다.

우리 팀에서 하는 바이오 분석은 명료해야 했다. 시료의 정체도 알아야 했고, 분석 방법도 명확해야 했다. 분석은 누가 따라 해도 일정한 결과가 나와야 했다. 결과는 확실한 정보를 주어야 했다. 안 되면, 안 되는 이유를 보여줘야 했다. 따라서 서로가 실험하는 시료, 분석 방법과 결과에 관심을 가지며 협의하며 진행했다. 혹 우리의 분석 방법이 미진한지 새로운 방법을 적용할 수 있는지 효율적인지 자주 검토하면 좋았다.

몰려드는 분석 시료를 들고 좋은 결과를 위해 나만의 방식을 쌓아 갔다. 세상 내 일을 잘하고 있는데도 회사 매출의 걱정과 더불어 경영 방침의 변화가 있기 마련이었다. 상무님은 갑자기 부서원을 소집했다. 내년의 목표와 부합하는 우리의 역할을 찾아야 한다고 목소리를 높였다. 인력의 역량 강화뿐만이 아니라 영향력이 좀 떨어진 개인들에 대해서 어떻게 업무를 분담할 것인지도 이야기했다. 싸한 분위기가 계속되고 두려움이 앞섰다. 웅성거렸다.

경영 방침을 어떻게 따라가야 할지 갈팡질팡하는 중요한 시기에 나는 어느 학생의 교육을 맡아달라고 요청받았다. 모두 회의에 참석하러 갔고, 실험실은 나 혼자 지키고 있었다. 약속된 시간에 학생이 왔고, 실험을 하나하나 가르쳐 주었다. 고등학생이지만 보고 배운 실력이 뛰어났다. 실험 도구나 개념을 물으면 제법 대답을 잘했다. 누군가를 가르치는 것은 정말 신나는 일이었다. 학생은 훤칠하게 생긴 데다 호기심도 많아 모든 걸 흡수할 것 같았다. 즐거운 시간이었다.

교육을 마친 후, 늦은 회의 참석은 내용을 도무지 짐작할 수 없게 했다. 다들 생각에 잠겨 있었고, 쉽게 입을 떼지 못하는 표정이 역력했다. 다음날부터 동료들은 본부장님과 면담했다. 먼저 면담한 동료들에게 무슨 이야기인지 캐물었다. 요지는 이러했다. '올해 결과가 저조하니, 할 수 있는 업무를 발굴해서 성과를 좀 올려보지 않겠니?' 본인의 성과가 바로 회사 매출과 직결되는 일을 선택하도록 유도했다. 결국 이전보다는 훨씬 빡센 상황이 될 것이니 각오하고 해보자는 것이었다.

그간에 나는 지원역할이 많았다. 업무가 어중간하다는 걸 알고 있었기에 고민이 되는 시간이었다. 몇 날 며칠을 생각해 보았다. 내가 여기서 버틸 것인가? 아니면 하고 싶은 분야의 역량을 더 쌓을 것인가? 버티자니 아이들이 걱정되었다. 어린이집이나 유치원에 선생님들에게 맡기다시피 할 정도로 내 손에서 벗어나 있었다. 아이들이 그럭저럭 잘 지내줘서 고마웠다. 하지만 학령기에 들어섰기에 학교생활에 적응하도록 도와줘야 했다. 일을 열심히 하자니 아이들이 내팽개쳐질 것 같아 두려웠다. 내가 좀 쉬고 애들을 돌보자는 생각이 앞섰다. '이 시기만 지나면 괜찮을 거야. 그리고 나는 다시 하면 되겠지.'

본부장님과 면담하는 날이었다. 본부장님은 상황설명을 하였고, 본부장님이 어떤 일을 제시하기 전에 나는 먼저 입을 열었다.

"다른 일을 좀 해보고 싶습니다."

"내가 너무 늦은 제의를 했나? 그래 앞으로 뭘 하려고 하나?" 본부장님은 궁금해했다.

겉으로 아무 일도 아닌 척 당당히 말했지만, 마음은 가시밭이었다. 그동안 막연하게 생각했던 퇴사의 길을 선택한 것이다. 누가 어서 오라 하는 곳도 없는데, 아이들을 핑계 삼았다. 뭐든 될 거라는 생각은 터무니없었다. 나 자신의 앞날을 알 수가 없었다.

회사에서 웃고 즐기는 날은 많았다. 그러나 영원할 수 없었다. 퇴사가 싫지는 않았다. 동네 엄마들에게 나의 퇴사를 알리고 저녁밥을 샀다. 큰아이 친구의 엄마들이었다. 아이가 첫째라서 모든 육아가 처음이라서 '어찌 키우나?' 걱정이 비슷하니 자연스레 만났다. 어린이집 친구, 1학년 같은 반 엄마들의 모임이 계속 이어졌고 만나면 늘 반가이 맞아주어서 위안이 되었다. 퇴사한 후, 엄마들을 더 자주 볼 수 있으리라는 희망이 있었다.

동네 엄마 중 한 명은 남편이 내 회사 동료이기도 했다. 나의 퇴사 후의 행보는 엄마들 모임을 타고 회사까지 흘러 들어갈 것이다. 회사와 집은 가까웠다. 회사 동료들이 같이 점심 먹자며 전화해 줄 때도 있었다. 동료들은 회사 다닐 때보다는 밝아진 나의 모습을 보고 덩달아 좋아했다. 그간 회사에서 일해 내느라 늘 머릿속이 분주했었다. 아이들의 성장을 챙겨야 했기에 어느 하나가 놓아지니 그도 좋았다. 경제 사정이 쪼그라들더라도 일단 마음이 편해졌다. '또 먹고 살길이 있겠지.'

동료 여러분!
감사합니다

　퇴사하기 바로 전날에 회식이 있었다.

　회사에서 가까운 식당으로 예약했다. 많은 인원이 다 같이 모여 먹기는 어려웠다. 삼삼오오 한 테이블씩 만들어졌다. 구워진 삼겹살을 부지런히 젓가락으로 가져다 입에 넣었다. 불맛이 입 안 가득 느껴지고 쫄깃쫄깃한 식감과 양념장의 짭조름함이 소주 한잔을 자연스레 불렀다. 부어라! 마셔라! 동료들은 잘도 마셔댔다. 회사에서 일어난 자잘한 일거리도 이야기하고 아이들 이야기, 요즘 푹 빠져있는 자신의 취미 등 각양각색의 화제가 재미를 돋았다.

　직원들은 밥을 다 먹어갈 즈음에 다음 순서로 '노래방으로 가볼까?' 했다. 행동 대원 몇몇은 술에 취해서도 근처 노래방이 여유가 있는지 물색하러 다녔다. 분주하게 왔다 갔다 가 하더니, 삼겹살이 동이 날 즈음에 "바로 옆 노래방에 가시면 됩니다." 힘차게 알려주었다. 동료들은 배불리 먹어서 약간 노곤함을 느끼고 있었다. 느릿한 걸음으로 "우리 또 노래방 가는 거야. 철아! 오늘도 근사하게 한 곡 부탁해."

　　노래방은 왜 그리 지하에 많이 만들어졌는지 모를 일이었다. 저번에 갔던 노래방도 지하였던 것 같은데 말이다. 월세가 낮은가보다. 하지만 노래 부르기에는 좋지 않았다. 연신 물을 들이켰다. 노래를 오랜만에 불러서인지 탁한 공기 때문인지 알 수 없었다. 어떤 이는 탬버린을 들고 현란하게 쳐댔다. 한 동료는 화재를 위해 비치된 소화기를 들고 카메라맨이 되어 노래 부르는 사람을 촬영했다. 지난번 갔던 노래방에서도 같은 레퍼토리였다. 그런데도 동료들은 처음 보는 광경인 양 즐거워하며 손뼉을 쳤다. 웃음이 끊이지 않았다. 오늘 아침에 무슨 일로 실랑이를 벌였고 분석 결과가 정확한 것이었는지 옥신각신했던 일은 온데간데없었다.

　　팀장님은 늘 업무에 시달려 해쓱한 얼굴이었다. 하지만 술자리에서는 해맑은 웃음을 지었다. 난 속으로 '멋진 분이셔!'라는 무언의 응원 메시지를 보냈다. '고맙습니다.' 같이 한 시간이 고맙고 늘 배려해 주어서 고마웠다.

인연이 여기까지였다.

지난주에 팀장님은 팀원 개개인을 호출했다. 팀장님 사무실에서 나오는 이들의 얼굴빛이 썩 좋아 보이지 않았다. 실험 노트에 사인을 받으러 갈 때와 매우 달랐다. 경영 방침의 변화로 앞으로 어떤 평가를 할 것인데, 어떤 일을 더 해야 할지 재차 협의했다. '지금도 빠듯한데, 또 뭘 더 하라는 것일까?' 생존의 위협을 느낀 회사가 내린 특별한 조치였다. 난 이 부서로 이동하기 전에도 많이 고민했었다. 해보면 알 수 있을 거라고 그러셨기에 시작했었다.

근데 만만치 않았다. 업무야 이력이 난 팀원에게 물으면 되었다. 문제는 각양각색인 팀원이었다. 근무한 지 오래된 부정의 말투를 소유한 팀원이 있었다. 입사한 지 1년이 지나고 있는 준 신입사원은 여전히 팀 분위기와 업무에 적응 못 하였다.

그렇다고 나는 괜찮은가? 내가 몇 사람을 끌고 일을 해야 하는 건 처음이었다. 어떻게 해야 하나? 일도 새롭고 사람도 낯설고 팀원은 내 지시에 따라올 수는 있을까?

일단은 일을 알아야 하니 부지런히 묻고 익혀보았다. 몇 개월 지나니 몹시 어려운 것이 아니면 해볼 만했다. 매주 다른 팀과의 미팅에서 결과를 보여줘야 하니 괴로웠다. 한 사람이 결과를 미루고 있어서 다른 팀의 눈 밖에 나 있는 상태였다. 이 사람을 옹호하면 다른 팀의 팀장님께 무지 혼이 났었다. 더군다나 언제까지 결과를 주겠다고 하기가 어려웠다. 이도 저도 못 해서 바늘방석에 앉은 것만 같았다. 솔직히 팀 회의에 들어가 새로운 경험을 하는 건 좋았으나 파트 대표로 앉아있기가 괴로웠다.

괴로운 현실, 나는 조그만 파트 하나 맡고 있어도 이렇게 어려운데, 팀장님은 몇 개의 파트를 다 거느리며 조율해야 하니 얼마나 어려울까? 팀장님은 다른 팀도 상대했다. 팀장님은 상사가 부르면 즉시 달려가 아뢰야 하는 일이 허다했다. 그런 팀장님이 마지막으로 회식하는 날에 나를 3차까지 데려갔다. 저녁 식사하고 노래방에 간 후 집에 갈 사람은 집에 갔고, 나를 포함하여 네 명이 남았다. 팀장님은 최근에 줄기차게 팀원이 사표를 쓰거나 다른 부서로 이동해서 몹시 괴로워했다. 자기가 덕이 없어서 이렇게 되는가보다 한탄했다. 뭐꼭 그런 것도 아닌데, 책임감이 많이 느껴진 듯했다.

나는 퇴사를 한 번 번복한 적이 있었다. 이대로 있으면 별반 달라질 것도 없어서 그냥 두겠다고 하다가 마음을 바꿔서 부서만 이동했었다. 다행히 팀장님은 나를 반갑게 맞아주어서 차근차근 자리를 잡아가는 중이었다. 새로운 일은 내가 더 이상 흔들릴 시간을 주지 않았다. 때마다 처리해야 할 일들이 산재해 있었다. 매일의 일을 처리하지 않으면 결과가 나오지 않았기에 어떻게든 물어물어 진행했다. 완전히 몰라도 할 수 있었다.

하지만 갑갑한 마음은 계속되었다. 이런 일을 매일 같이 시간 재듯이 해야 하는 걸까? 자유를 갈구하는 나로서는 점점 회의가 들었다. 하고 있는데, 뭘 더 해야 한다고 하니? 더 답답했다. 누군가 나의 문제를 정확히 집어줄 수 없으니, 내가 스스로 알아내야 했다. 직급은 올라가고 있었다. 전문성 외에도 리더십이 필요했다. 하지만 평가는 전문 분야의 성과로 했다. 내가 원하는 전문 분야가 아니라 회사가 원하는 전문 분야였다. 그러니 버거웠다. 기존의 내가 가진 자격은 그저 필수일 뿐이었다. 입사하고 시기가 지나면 성과는 또 다른 이야기였다.

난 연구소를 좋아했다. 자유로이 연구할 수 있도록 전공 공부를 더 해야겠다고 결심했다. 상무님과 면담 이후로 남아 있는 일을 어떻게든 마무리하기 위해서 발버둥 쳤다. 굳이 하지 않아도 되는 일이었지만 죽이 되든 밥이 되든 해보았다. 역부족이지만, 든든하고 유능한 동료를 믿었고 미궁으로 빠진 일을 가볍게 넘겨주었다. 동료는 분명 고생 좀 했으리라.

마지막 날에 동료들은 웃고 있었다. 사무실과 실험실을

사이의 좁은 복도에서 인사하며 악수했다. 팀장님은 "오늘도 허그 한번 할까?" 했다.

"오! 팀장님! 어제 허그는 하셨습니다. 오늘은 그냥 악수로 대신 하시지요." 마음 가득한 아쉬움은 어제로 충분했다.

우리 팀의 문화는 누군가 퇴사하면 십시일반 돈을 모아 선물을 했다. 난 두말하지 않고 실내 운동기구인 자전거를 사 달라고 했다. 그것도 흰색으로 골랐다. 때가 잘 타고 먼지가 내려앉으면 잘 보이니, 회색이나 검은색을 권했지만 난 꼿꼿하게 흰색을 고집했다. 흰색이 선명해서 좋았다. 나의 청춘을 이 회사에 바친 순수한 마음을 기리기라도 하듯 흰색을 골랐다. 얼마 되지 않아 자전거는 집에 배달되었고, 그동안 못했던 운동을 한꺼번에 다 하려는 듯이 페달을 밟았다.

끝나기 전에는
끝난 것이 아니다

'이제 뭘 할까?'

직장을 그만두었는데, 머릿속이 제법 분주했다. 간만에 아이와 지내는 시간이 많았다. 실업급여를 받을 수 있다고 하여 등록하고 교육도 선택했다. 교육 자체는 그다지 현실성이 없었다. 실업급여를 받으려면 교육 수강과 취업 노력의 인증이 필요했다. 구직난에 인적 사항을 올려놓았더니 여기저기서 전화가 왔다. 사실대로 이야기해주었다. "당장은 일할 생각이 없습니다. 죄송합니다."

한 연구기관에서 주최하는 과학 분야의 분석 장비 교육에 참여했다. 대부분 대학생이거나 대학을 갓 졸업한 학생으로 취업이나 대학원을 준비했다. 나이 많은 경력자는 나 혼자였다. 시간을 두고 장비 사용과 분석 방법을 배울 기회였다. 나는 취업이 급하지 않았기에 대학원 입학을 염두에 두었다. 관심을 가졌던 실험실은 경쟁률이 높았다. 교수님이 나처럼 시간 제약이 많은 학생을 들이면 고민스러울 거라 지레짐작했다. 연구소와 연계된 대학원을 선택하기까지 한참 망설였다. 최종 결정은 새해의 1월이 다 지나갈 즈음이었다.

　서류를 제출하고 면접을 보는 날에는 많이 떨렸다. 예상한 대로 아이가 있는 가정을 꾸리며 공부를 할 수 있겠느냐는 질문이었다. 어떻게든 하겠다는 결심이었으니 당연히 할 수 있다고 주장했다. 합격이었다. 전문대학원이라 수업량이 많았다. 1학기가 거의 다 되도록 과제와 시험, 발표가 있었고 반복되는 실험이 있었다. 2학기는 과목이 더 적기도 하고 적응이 되어서 살만했다. 그러던 차에 사건이 있었다. 나를 탐탁지 않게 생각하는 이가 있었다. 난 서로 부딪히는 것을 원하지 않았기에 2학년 때는 수업만 참여하기를 부탁했고, 아이들과의 시간을 늘렸다. 틈틈이 논문 작성 교육을 수강했다. 같이 공부하다가 혼자 따로 있으니 다소 단조로웠다. 어느덧 정규 수업이 끝나고 3년째는 온전히 실험에만 집중할 수 있었다.

　학교 가는 길은 다녔던 회사보다는 훨씬 멀었다. 버스로 다니기엔 시간 없는 나에게 적절치 않았다. 주차가 쉬운 경차를 중고로 구매했다. 작아서 근거리를 오가는 데는 이만한 차도 없었다. 남편은 학기가 시작되어 수업이 한창인데, 구매한 차를 학교로 직접 가져다주었다. 부지런히 학교로 집으로 내달렸다. 차에서 간식도 먹고, 학교에 도착하면 얼굴이 말짱한지 거울로 확인했다. 차 안에서 시험공부하고, 집으로 돌아오는 길에 가끔 홈플러스에 들러 먹을거리를 사기도 했다. 동고동락한 '모닝'에 감사한다.

학회 참석을 준비했다. 한참 실험하던 과제인데 자료를 더 넣고 싶은 마음에 준비시간이 지체되었다. 유럽, 아시아에서 온 연구자들은 메밀에 함유된 항산화물질에 관심이 많았다. 학회는 소설가 이효석의 《메밀꽃 필 무렵》의 배경 지역인 평창에서 열렸다. 국제학회인지라 영어 발표인데, 나는 준비가 서툴러 전날까지 고전했다. 얼마나 떨었는지 발표를 시작하고 마이크가 꺼져 있는 채로 몇 분이 흘렀다. 누군가의 사인으로 마이크는 바로 잡아졌으나, 나중에 교수님의 타박을 들었다. 여하튼 어떻게 발표를 마쳤는지 모르겠다. 그저 빨리 집에 가고 싶은 마음뿐이었고 다음의 더 나은 발표를 기약할 수밖에 없었다.

졸업 논문을 제출할 시기가 되었다. 교수님은 아이들 학습지인 '빨간펜' 선생님처럼 출력한 초본을 새빨갛게 수정해 주었다. 별도로 시간을 내어 결과 데이터 이외에 연구 의미와 발표 자료 구성을 지도해주었다. 교수님은 직책 수행으로 엄청 바쁜 일정이었다. 교수님 사무실 문밖의 소파에는 교수님을 만나기 위한 대기자들의 줄이 끊이지 않았다. 가끔은 문밖에서 기약 없이 기다리기도 했다. 어느 날 일에 몰두하고 있는데, 교수님 호출이 여러 차례 있었음을 옆에 앉아있는 동기로부터 전해 들었다. 급히 달려갔더니 역시나 교수님의 표정이 좋지 않았다.

대학교 지도교수님 수업의 일이다. 교수님은 칠판에 작은 동그라미와 큰 동그라미 연이어 두 개를 그렸다. 그리고 삼각형 모양으로 잘랐다. 그중에 큰 동그라미를 콕 찍으며 말씀하셨다.

"공부하니까 점점 아는 것이 많아졌죠? 원의 크기가 이렇게 커졌습니다. 그런데, 원의 크기가 커진 것처럼 우리가 알면 알수록 모르는 것도 늘어 갑니다."

퇴사 전부터 대학원을 고려하고 있었다. 회사 규정상 재직 중에 대학원 입학은 특별한 경우 이외에는 허락하지 않았다. 막상 대학원 생활해보니 기존의 경험에 전문 역량을 쌓으려는 의도에 살짝 빗나갔다. 더욱더 세분된 연구과제는 또 다른 세계에 발을 디딘 신입생 같았다. 더 어려서 공부했더라면 하는 아쉬움도 있었고, 느지막하게라도 경험하니 다행이라는 생각도 함께했다.

아들은 어려서부터 축구, 야구 등 스포츠를 좋아했다. 아이가 좋아하는 팀은 늘 꼴찌였다. 엄마인 나는 아들을 위한 마음보다는 승리했다는 소식을 듣고 싶어서 매번 아이에게 "이번에는 이겼니? 맨날 지는데 뭐한데 봐." 철부지처럼 물었다.

무던한 아들은 8회 말, 9회 말, 연장전에 더 힘차게 응원가를 불러댔다. 아들은 투덜거리는 엄마를 보고 싱글거리며 자주 말했다. "끝날 때까지 끝난 게 아니야.'

어디서 많이 들어보지 않았던가? 유명한 메이저 리그 선수였던 '뉴욕 양키스'의 요기 베라가 한 말이었다. 그가 '뉴욕 메츠'팀의 감독이었을 때 최하위로 고전을 면치 못하다가 기자의 인터뷰를 받고서 받아쳤던 말이다. 이후 팀은 지구 우승을 차지할 정도로 달라졌다.

또한, 영화 '슈퍼스타 감사용'에서도 나온다. 1승만 기록하고 있는 패전투수인 왼손잡이 투수로 OB 베어스의 간판스타 박철순을 상대로 승부를 겨루는 영화였다. 감사용은 지고 말았다. 하지만 끝까지 버티는 감사용의 의지를 엿볼 수 있었다.

　나도 말해본다. "나의 직장생활은 끝날 때까지 끝난 것이 아니다." 호기롭게 회사를 박차고 나왔고 대학원을 졸업하고 또다시 직장생활을 하려 한다. 내가 경험하고 익힌 수많은 날이 헛되지 않게 쭉 이어갈 것이라고 말한다.

생명은
어디에서 와서 어디로 가는가?

쳇바퀴 돌 듯 살아내다가 잠시 멈춰서 전 지구적인 화제를 다루게 될 때 나의 일상은 조그마한 일들에 지나지 않음을 깨닫는다. 마찬가지로 밤하늘에 예쁘게 빛나는 별을 내 눈으로 알아차릴 때쯤이면 수십, 수백 광년의 거리에서 빛이 시작했다는 사실을 떠올린다. 지구가, 별이 생성된 까마득한 세월을 그리다 보면 내가 살아온 일상은 정말로 한낱 먼지와 같아지는 걸까?

대학원 수업 중 '최신미생물'이라는 과목이 있었다. 전공 외에 과학적 사고를 쌓기 위한 교양 수업이었다. 교수님은 자신이 공부하고 연구해온 전공에 대해서 스토리텔링 하길 소원하셨는데, 토요일이면 시간을 내어 책을 집필했다고 한다. 전공 분야의 과학적 지식과 생물과 생명이라는 주제를 넘나드는 내용이었다. 실험하고 논문 읽고 과제 하기도 바쁜 일정에 이 과목은 단순히 용어 정의와 원리보다는 생명체의 진화 과정을 들여다보는 과목이었다. 지금의 지구는 빅뱅으로부터 탄생했으며 지구에 존재했던 무기물에서 최초 유기물로 변화되기까지 그리고, 더 복잡한 개체인 생물체의 진화 비밀을 더듬어 갈 수 있었다.

교수님은 종종 수업 시간에 시사적인 사건들도 언급해 주셨다. 뉴스를 자주 못 보고 다니는 나는 세월호 사건을 수업 중에 교수님에게서 들었다. 이후 뉴스에서는 세월호의 슬픈 현장이 연일 쏟아져 나왔다. 일어나지 말아야 할 마음 아픈 일이 눈앞에 펼쳐지고 있었다.

교수님은 수업 내용과 관계없이 어떤 영화를 좋아하는지, 어떤 종류의 책을 읽어왔는지 묻곤 했다. 그즈음에는 공상과학 영화를 많이 상영하고 있었는데, '아바타(2009), 인셉션(2010), 그래비티(2013), 인터스텔라(2014)' 등이 있었고, 이후에도 '마션(2015)'이 있었다. 원하든 원하지 않든 자연스레 볼 수 있는 영화로 나는 우주, 과학, 기술의 다양한 측면을 탐구하는 SF 영화에 익숙해지고 있었다.

'최신미생물' 수업의 최종 목표는 각자가 과학적 지식을 토대로 과학 에세이를 쓰는 것이다. 몇 년 전부터 시작한 수업이라 선배들의 에세이도 볼 수 있었다. 과연 내 지식을 가지고 에세이를 쓸 수 있을까? 의문이 있었지만 매주 이어지는 수업은 글을 쓸 수 있는 근거를 마련하였고, 생각해 내야만 하는 시간이 억지로라도 주어졌다.

나의 과학 에세이 소재는 영화 '루시'였다. 2014년 개봉한 뤽 베송 감독의 SF 액션 영화인데, 주인공은 스칼렛 요한슨이 연기한 '루시'이다. 루시는 납치되어 새로운 합성 약물을 이식받은 후 강제로 운반 역할을 한다. 다행인지 불행인지 약물이 몸속에 누출되어 정상적인 사람 이상으로 뇌 기능이 향상된다. 루시의 뇌 용량이 확장됨에 따라 시간여행, 마음으로 물질을 조작하는 초능력을 얻는다. 그녀는 새로운 능력을 사용하여 자신에게 잘못을 저지른 사람들에게 복수하고 우주의 비밀을 밝혀낸다.

가장 기억에 남는 장면 중 하나는 루시가 시간을 조정하여 선사 시대로 돌아가서 지구 최초의 생명체를 만나는 것이다. 서로의 손가락을 마주치는 장면으로 최초의 생명체와 미래의 인류를 연결하려 한다. 한편, 인류의 진화도 생각할 수 있다. 인간은 다른 생물체와 달리 직립보행을 하며 손이 자유로워지고, 도구와 불을 사용하는 공동체 생활을 해왔다. 그

과정에서 무엇보다 큰 역할을 했던 언어와 뇌의 사용은 생물학적, 문화적 진화를 도왔다.

　최근의 과학기술 발전은 우리가 뇌를 적게 사용하는 상황을 만들어준다. 우리가 일상에서 사용하는 휴대전화만 해도 굳이 전화번호를 암기하지 않고 생활을 가능하게 한다. 하나하나 기억해야 하는 단순 암기에 대한 뇌 사용량 감소와 동시에 과학의 발달을 추진하는 뇌의 활동 사이에서 인류의 미래는 어떤 방향으로 나아갈지 의구심이 든다.

　과학 발전과 더불어 급변하는 사회 현상 속에서 우리 뇌의 역할은 더욱 많아졌다. 과거와는 다른 영역에서 쉼 없이 일하고 있는지도 모른다. 노화를 더디게 하는 방법을 연구하듯, 아직은 영화이지만 어떤 물질은 뇌 인지력을 상상외로 높일 수 있을 것이다. 사람이 뇌의 능력 전부가 아닌 일부만 사용한다는 오래된 속설로 알베르트 아인슈타인은 뇌의 10%만을 사용했다는 말이 있다. 살아가면서 모든 것을 기억하지는 못한다. 특히 어린 시절, 학교 들어가기 이전의 일들은 거의 떠오르지 않는다. 기억한다 해도 아주 단편적이다. 뇌의 사용은 어디까지 확장될 수 있을까?

　영화 '루시'는 존재의 본질, 인간의 잠재력, 삶의 목적에 대한 철학적 질문을 던진다. 이 영화의 메시지는 인간에게는 아직 개발되지 않은 막대한 잠재력이 있으며 마음의 모든 능력을 발휘함으로써 한계를 초월하고 위대함을 성취할 수 있다는 것이다.

사람은 누구나 행복한 삶을 원한다. 한편으로 인간 두뇌의 우월감을 넘볼 수 있는 AI 사용의 우려와 영화 '루시'처럼 초능력자가 실제 도래한다면 상상하기 어려운 세계가 펼쳐질 수도 있을 것이다. 과학의 발전과 생활의 편리함은 점점 빨라지고 인류의 정서를 침해하고 경쟁이 고도화되어 지배와 피지배의 역할이 나뉠 것으로 영화를 보며 상상할 수 있었다.

최근 AI가 잠재적으로 인간의 일자리를 대체할 수 있다는 우려가 다분하다. 반면, 자동화가 실제로 고용 시장을 변화시킬 수 있지만 새로운 기회와 산업을 창출할 수도 있다고 이야기한다. 이러한 변화에 적응하며 최대한 활용하는 방법을 찾아야 할 것이다.

영화에서 알려주듯 우리는 현실로 다가오는 고급 기술의 경계에 직면하고 있다. 인간 본성 즉, 우주와 지구 안에서 내가 어떤 의미로 살아가야 하는지 한 번쯤 생각해 볼 일이다.

또 다른 직장에서
꿈을 꾸다

대학원 졸업이 생각보다 늦어졌다.

데이터가 조금 적었다. 개의치 않는다면 졸업도 가능하였지만, 나도 교수님도 탐탁지 않았다. 마음 편히 좀 더 해보자 생각하고, 한 학기에 더 집중하니 결과가 나오기 시작했다. 앞서 다른 연구과제로 논문을 쓴 동기의 실험방법을 꼼꼼히 따라 하니 도움이 많이 되었다. 지도 교수님 외에 노화 전문 교수님은 왜 이 연구를 하는지 개요를 정확히 꼬집어 주셨기에 스토리가 쉽게 풀렸다.

더 나은 데이터를 내려다보니 같은 실험을 반복하게 되어 지칠 때도 있었다. 동기는 웬만하면 한 번에 끝내라고 조언했다. 굳이 체험하지 않아도 반복은 자신을 지치게 하고 효율적이지 않았다. 마음에 새겨 보지만 난 늘 두 번은 해야 성공했다. 내 성공률이 동기에 비하면 저조했기 때문에 난 처음부터 두 번 할 걸 예상하고 실험했다. 그러면 실망이 덜해서 다시 해볼 만했다.

나의 대학원 졸업을 기다리는 곳이 있었다. 방사선 안전 관리자가 필요하다고 했다. "죄송한데, 졸업하고 지원하겠습니다. 그래야, 가서 일에 집중할 수 있습니다." 그 후로 6개월이 지나 졸업했다. 면접일에 졸업 논문 심사만큼이나 두근거리는 마음으로 발표했고, 얼마 지나지 않아 출근하게 되었다.

연구소는 버스가 쉬지 않고 오십 분을 달려야 도착하는 곳이었다. 내가 출근하기 얼마 전부터 집 앞에 노선이 신설되어 다행이다 싶었다. 첫날은 너무 긴장한 나머지 지정된 버스 정류장에서 차를 놓쳤다. 잠깐 정차하는 버스를 보았지만, 버스 오른쪽 귀퉁이에 하얀 글씨로 새겨진 이름을 알아볼 새도 없이 버스는 내 시야에서 벗어났다. 얼굴은 붉게 달아올랐다. 아마도 출근 버스 정류장과 시내버스 정류장이 같은 장소라서 혼동했던 것 같았다. 같은 방향으로 "쌩" 하고 지나가는 옆 차선의 자동차 소리는 "째깍째깍" 시계의 굉음으로 변했다.

생각나는 사람은 오직 남편밖에 없었다. 긴급 전화를 걸었고, 첫 출근은 남편의 도움으로 무사히 넘어갔다. 연구소는 널찍한 땅으로 둘러싸여 있었고, 건물이 띄엄띄엄 들어서 있었다. 부서 사람들이 반겨주었으나 낯설기는 아침의 버스와 매한가지였다.

나의 일은 서류를 들썩이는 일부터 시작되었다. 그동안 어떻게 관리되었는지 파악해야 했다. 알 수 있는 건 서류가 다였다. 기존에 일하던 사람은 이미 떠났고, 대신 일을 하고 연구원은 일 년 동안만 관여하였기에 전반적인 사항은 잘 알지 못하였다. 담당 박사님은 일 년간 해외 파견 중이고, 연구 담당 직원만 있다. 이거저거 물어볼라치면 그나마 연구 담당 직원에게 물어서 대충 답을 구할 수 있었다.

박사님이 복귀한 후에는 실험에 참여했다. 동물실험도 처음이고, 암 조직의 진단 촬영도 처음이었다. 병원에서 CT(컴퓨터단층촬영), PET(양전자 단층촬영)으로 진단하듯이 작은 동물인 쥐를 이용하여 촬영했다. 누드마우스는 순해서 동물 관리나 실험에 적합하다고 했다. 처음에는 너무 무서워 꼬리를 들어 올리며 마음이 조렸다. 그래도 실험 과정을 알아야 한다는 의무감이 있어서 계속 지켜보고 보조했다. 나중에는 혼자서 실험해보고 촬영도 할 수 있었다. 동물에 대한 지식, 안전 사항도 알아야 했다.

분석 장비에 대한 특성과 작동 방법은 당연히 공부해야 했다. 대단한 장비였다. 그만큼 비용이 많이 들었다. 조그마한 부품도 천만 원이 훌쩍 넘어갔다. 가끔 고장이 나면 가슴이 두근거렸다. 쉽지 않았다. 서비스 엔지니어는 늘 바빠서 이주나 삼 주 후 방문이 가능했다. 가끔 시간을 내어 들러주었으나, 부품은 해외 배송이라 받는 데까지 적어도 한 달을 넘겼다. 그 사이에 시간이 있으니 사용 설명서를 뒤적거렸다. 매번 점검하고 담당 연구원에게 확인하고 묻기를 반복하였다.

방사선안전관리가 필요한 장비는 여러 부서에 다양한 형태로 배치되어 있었다. 필요시 허가 사항도 변경하고, 방사선 측정기의 검·교정, 사용자의 교육, 건강진단을 주기적으로 수행했다. 기존에 했던 공통적인 업무는 그냥 틈나는 대로 하면 처리될 일이었다. 단, 부서마다 특색 있는 장비를 사용하고 있어서 그에 맞는 요구사항과 안전 사항을 챙겼다. 정기 검사도 수행했다. 지난 5년의 사항을 잘 정리해서 규제기관에 제출해야 했다. 정확한 서류 작성을 위해 과거의 기록을 계속 뒤적거렸다. 처음에는 거의 서류를 독해하는 수준이었다. 내가 경험하지 않았던 장비나 방사성동위원소이기 때문이었다. 해보니 그도 재밌었다.

방사선을 이용할라치면 유지비용이 제법 많이 든다. 일명 생산적이지 않은 비용이다. 각 연구원이 분석하거나 연구해서 얻어지는 수익은 당연히 생산적이지만 나의 일은 사용이 원활하도록 기본 요소를 충족시키는 것이다. 나는 해당 부서의 일들이 잘되기를 바란다. 그러나, 내 할 일을 잘했다고 해서 나에게 큰 이득은 없다. 안전관리가 그렇듯 평상시에는 잘되고 있는지 안 되고 있는지 눈에 잘 띄지 않는다. 그러나 문제가 발생하였을 때는 굉장한 파장을 일으킨다. 지금, 이 순간 누군가에게서 아무런 연락이나, 소식을 들을 수 없다면 방사선안전관리가 잘 된 것이다. 나는 이 평온함을 위해 뒷전에서 바지런을 떤다. 이것이 나의 역할이다.

방사선안전관리 규정은 내가 이 길에 들어서 십여 년이 지나는 동안 주기적으로 개선되었다. "아직 잘 관리되지 않는 곳이 있나요?" 묻는 횟수가 대폭 줄었다. 방사선시설이나 안전에 투여되는 시간과 비용은 사업자에게는 꽤 부담이다. 방사선안전관리를 위한 예산의 경우, 단독 회사는 처리 영역이 단순하나, 연구소에서는 여러 부서에 관련이 있어서 복잡했다. 기관을 대표하고 유지하는 필수 사항인 만큼 비용처리가 고민이었다. 비슷한 성격을 가진 다른 기관의 운영 방식을 물어 적용하였다. 타 기관들도 한 번쯤 비용처리에 난감함을 느끼고 개선하였기에 충분히 참고할 만했다.

산업, 의료, 연구 분야에서 필요로 하는 방사선 이용은 시대가 변함에 따라 추세가 변해가고 꾸준히 발전하고 있다. 우리는 보이지 않는 공기를 마시고 살아가며 대기 오염이 없기를 소원한다. 방사선 이용과 성장은 방사선 안전이 기초이다. 기초를 튼튼히 하는 환경 조성이 필수적이라 하겠다.

이젠
말할 수 있다

넬슨 만델라는 이렇게 말했다.

"용기란 두려움이 없는 게 아니라 두려움을 극복하는 것이다."

일을 처음 시작하는 즈음이면 '해보면 되겠지'라는 이면에 늘 두려움이 존재했다. 나이가 들어가는 모든 일상이 두려웠다. 곰곰이 생각해 보면 잘하고 싶은 생각이 있기 때문이다.

나는 대화할 때 주로 들어주는 편이었다. 대립하는 일이 있어도 굳이 얼굴을 붉히며 진위를 밝히는데 실랑이하고 싶지 않았다. 하지만, 갈수록 경우가 다양해져서 이제는 조금이라도 표현하려 한다. 상대방이 의견이 있듯이 내 의견도 있으니 말이다. 군이 길게 말할 필요는 없다. 상대방을 이해시킬 정도면 충분하다.

나와 관계없는 일을 줬을 때 꽤 당황스러웠다. 협의하고 충분히 설명이 있었던 사항이 아니라서 이해하기 어려웠으나, 처음에는 받아들였다. 서류도 한번 보고, 실제 건물을 둘러보고 설계도를 살폈으나, 마음이 내키지 않았다. 내 전문 분야가 아니다 보니 장기적인 관점에서 조직이나 나에게 득이 없어 보였다.

하여 전문인이 맡기를 추천했다. 관련 연구원들이 전체 배경과 진행 상황을 모르고 있었기에 회의를 소집했다. 나는 현재의 방안이 잘못되었음을 이야기했다. 내가 맡기로 되어 있다고 알려져서 회의에 참석한 사람들은 뜬금없는 소리처럼 들렸을 것이다. 한쪽에서는 질문을 했고, 한쪽에서는 이해하는 듯했지만, 대부분 언짢아 보였다.

마음이 조리고 얼굴이 화끈거렸다. 반대되는 주장을 해본 적이 거의 없었기 때문이다. 당황스러운 상황에 논리적인 말이 나올 리는 없었다. 회의 내내 화석처럼 앉아있었다. 간혹 난 그들의 반응에 놀라기도 했다. 끝나지 않을 것 같은 회의가 마무리되었다. 미궁이었지만, 문제를 알아차린 듯 해서 다행이었다.

이후 난 부서를 옮겼다. 그 자리에 있다가는 나를 온전히 방어하지 못할 것 같았다. 방사선안전관리 업무 외에도 분석 업무를 맡고 싶었다. 부서를 옮겨와 새로운 일을 시작할 수 있었다. 하고 싶다는 열망과 달리 어려운 부분은 항상 있었다. 하루는 즐겁고 하루는 힘들고 하루는 뭐가 뭔지 알 수 없도록 뒤섞이기를 반복했다. 하지만, 일을 할 수 있다는 자체가 좋았다. 애로점은 나이 들어 눈이 밝지 않다는 것이다. 노안은 초점을 흐리게 하여 집중도를 떨어뜨리고 행동을 더디게 했다. 그런데도 해보겠다고 덤비고 있었다.

비전공자로서 연구소에서 20여 년 동안 방사선 안전 실무를 경험했다. 업무에 너무나 익숙해질 무렵, 또 새로운 대형 방사선시설이나 병원에서 사용하는 치료용 가속기를 만났다. 내가 잘 몰랐을 뿐이지 이미 시작하여 운영하고 있었다. 기본적으로 사용하는 방사선시설의 차폐 해석과 선량평가의 전문 프로그램을 알게 되었고, 교육기관에서 교육을 수강하였다.

컴퓨터 프로그램은 내게 늘 어려운 숙제다. 하나하나 알려주는데도 내 컴퓨터는 자꾸 멈추곤 했다. 옆자리의 컴퓨터는 그래픽으로 된 결과물이 잘도 나왔다. 뭐가 문제인지 컴퓨터 프로그램만 공부하면 머리도 먹먹하고 손도 멈추고 만다.

교육을 마치고, 하나하나 복습하였다. 이해는 느리지만, 다행히 설명이 잘된 블로그를 찾아서 조금씩 따라갈 수 있었다. 걸음마 수준이더라도 새로운 걸 알아가는 기쁨이 컸다. 어떻게든 알아야 한다는 부담이 있었다. 반복은 필수였다.

어느 날 나의 두 마리의 토끼 잡기는 이제 버겁다는 결론을 내렸다. 연구소에서 지켜온 방사선안전관리와 분석업무를 다 하려는 것보다 한 가지를 집중하는 편이 훨씬 효과적이다. 방사선안전관리를 오랫동안 했다는 타이틀이 있지만 현안만 처리하며 살았다. 내 전문 분야를 단단하게 할 전략이 필요했다.

한편, 2차 세계대전 종전 무렵의 일본에 투하된 원자폭탄이나 2011년 후쿠시마 원자력 발전소 사고로 인해 큰 피해의 낙인이 되는 원자력이 있다. 같은 맥락에서 방사선의 이미지는 그다지 좋지 않다. 사람들은 방사성 물질이 포함된 오염수를 바다로 방출하겠다는 일본을 믿지 못한다. 과학적으로 계산한 값이 옳다고 해도 실제 제대로 시행되고 감독이 될지도 의문이다. 바다로 흘러 들어간 오염수가 바다 생태계와 우리의 수산물 먹거리를 얼마나 교란할지 아무도 장담할 수 없기에 더더욱 그렇다. 우리나라 입장에서는 가까운 이웃 나라에서 일어난 일이라 더 민감한 사항이다.

가끔은 방사선 안전관리자로서 어떻게 해야 할지 고민스럽다. 방사선뿐만이 아니라 주위를 둘러보면, 물과 불, 자동차, 비행기, 하다못해 AI 환경마저도 장단점이 존재한다. 일상에서 원자력은 에너지 자원이고, 방사선은 의료 분야에서 많은 역할을 하고 있다. 인류의 건강과 복지를 위해 엑스선 발생장치, CT, 암 진단과 치료 등에 쓰인다. 그런데도 방사선에 대해 왜 말하기가 꺼려지는 걸까? 전문 분야이기 전에 한 사람으로서 느끼는 감정인 듯하다.

막연한 두려움으로 우리의 마음을 괴롭히기에는 방사선이 생활 속 깊숙하게 들어와 있다. 건축 자재로 쓰이는 천연 암석에도 방사성동위원소가 함유되어 아파트나 건물 내의 라돈이 다량 검출되었다. 침대 만들 때 재료로 사용되는 모나자이트에 나오는 라돈도 사람의 건강을 해쳤었다. 다행히 이를 충분히 검토하여 생활 방사선에 관한 규정을 마련하고 시행했다. 일상에서 발견된 유해 방사선의 계측을 장려하고 라돈에 의한 피해가 없도록 조치해 왔다.

방사선 안전 분야의 전문인으로서 방사선의 본질을 누구보다 잘 알고 있다. 방사선의 이로움을 충분히 활용하기에 쓰임새나 안전의 중요성을 강조한다. 그뿐만 아니라 나의 경험을 바탕으로 방사선 지식을 재정리하여 일반인들이 궁금증을 해소하고 안전의식을 높여야겠다. 자연방사선, 우주방사선의 환경과 함께 방사선의 명료한 현상과 실제에 대해서 일반인이 쉽게 알도록 정보 전달과 이해를 도울 것이다. 직장뿐만이 아니라 일상에서 방사선 안전 리더를 꿈꾼다.

적절한 운동은
삶의 탄력을 준다

'떴다.'

가라앉기만 하던 차에 드디어 물속에서 떴다. 한 달을 수업하고 자유 수영으로 전환한 후, 조금 지났을 때였다. 선생님은 수업에서 각자의 진도가 다르니 기본자세 외에도 자유형, 배형, 평형, 접형을 맛볼 수 있도록 일주일마다 수영 방법을 바꿨다. 수강생은 초보자도 있고, 어느 정도 수영을 하는 사람도 있었다. 그중에 나는 왕초보였다.

운동의 필요성을 느끼고 '30분 순환운동'을 하였으나, 여기저기 관절이 삐그덕거리는 소리에 얼마 하지도 않고 겁을 냈다. 관절이 안 좋으면 운동 중에 수영이 무리를 덜 준다고 하여 집 근처의 체육시설에 수강 등록하였다. 예상한 대로 팔을 몇 번 휘두르기도 전에 허우적거렸다. 물속에서 발로 딛고 이쪽 끝에서 저쪽 끝으로 걸어 다니는 연습도 힘들었다. 수영장의 중간쯤 가면 수위가 높아져 물이 목을 넘으려고 해서 동동거리며 앞사람을 겨우 따라갔다. 발이 바닥에 닿지 않으면 몹시 불안했다.

어려서부터 나는 물이 무서웠다. 동네 개울가에서 양동이를 의지하며 개구리 수영을 한 게 다였다. 친구들이 재미있다며 몇 번을 쉬지 않고 개헤엄으로 이쪽저쪽 편으로 다닐 때 나는 빨래터로 사용되는 시멘트 계단에 앉아있곤 했다. 그냥 보고 있는 편이 더 나았다. 뭐 때문인지는 잘 모르겠으나 물속에 들어가면 앞으로 나아갈 수가 없었다.

여름휴가로 아이들과 부산 해운대에 갔다. 대형 튜브를 빌려서 파도에 따라 출렁거리기도 하고, 이따금 파도에 쓸려서 덩그러니 나가떨어지는 재미가 있었다. 아이들은 초등학교 때 수영 강습을 수강하여 제법 편하게 수영했다. 한참 놀다가 홀로 떨어진 나만 해안가 모래사장 가까이서 물장구치는 걸로 만족했었다.

선생님은 배형이 가장 쉽다고 했다. 나는 믿어지지 않았다. 어떡하면 뜰 수 있지? 의문의 연속이었다. 금방 다리가 내려오고 균형을 잃었다. 어떻게든 수업 기간인 한 달을 버텼다. 수업이 끝나고 십여 분은 혼자서 연습했다. 나와 비슷한 처지의 학생도 있었다. 초보 학생의 모습도 보고, 옆 라인에서 자연스레 수영하는 사람들의 발놀림과 팔을 젓는 모양도 살펴보았다. 힘을 빼고 가볍게 움직여야 했다.

그러던 중에 내가 물을 무서워하는 이유를 알았다. 다른 신체 부위는 물에 잠겨 있어서 차가운 줄 몰랐으나, 목과 귀에서 차가움이 유독 심했다. 싸늘했다. 또 다른 이유는 수면에 귀가 닿고 물속으로 들어가는 찰나에 '우웅' 하는 물소리가 갑자기 크게 들렸다. 귀가 물 밖에 있을 때와 물속에 있을 때의 소리가 너무나 달라서 물의 차가움도 배나 더 느껴졌다.

'아, 이거였구나! 그럼, 소리가 별거 아니라고 생각해야 하는 거네! 물속은 원래 이 소리가 난다. 겁먹을 거 없다. 들어가도 큰일 나지 않아. 균형이 잡히는 순간이니 신경 쓰지 말자.' 세상일이 매사 마음먹기에 달렸다더니, 수영할 때도 그렇다.

수영장에서 수영 배우는 어려움 외에 재미있는 일은 물속 사람들을 구경하는 것이다. 사람들은 팔을 휘젓고 발을 구르고 동시에 '허~푸' 거친 숨을 몰아쉬며 빠르게 나아갔다. 손발의 자연스러움과 강함이 공존했다. 초보자인 나는 킥 판에 의지하며 발을 동동 굴렀다. 한 팔을 움직여 앞으로 나아가게 하고, 킥 판이 없을 때는 두 손을 앞으로 쭉 밀고 잠시 후 팔을 번갈아 저었다. 숨도 들이켜 보고 몸을 가벼이 띄웠다. 금방 뻣뻣해지는가 싶더니 바로 다리가 떨어지고 가라앉았다. 한번은 방법을 바꾸어 머리를 물속으로 과감히 집어넣었다. 머리를 물밖에 어중간히 빼고 있으면 몸의 균형이 흐트러졌기 때문이다.

자유형을 하다가 잘 안되어 배형을 시도했다. 누운 자세로 팔을 저으며 둥둥 떠다니길 시도했다. 귀에서 느껴지는 소리와 차가움을 이겨 보리라. 그러던 차에 우연히 수면에 자연스레 떴고, 팔을 저으니 조금씩 나아갔다. 물에 누워서 보니, 수영장의 높은 천정은 물방울이 고슬고슬 맺혀 있었다. 천정만 보고 헤엄치다 라인을 잘못 들어 다른 사람과 부딪히기를 여러 차례였다. "아이고! 죄송합니다."

일주일 중에 일요일 한 번만 가도 제법 수영의 재미를 느꼈다. 옆 라인에서 시합하는지 퍼지는 물결이 세찼다. 궁금하여 옆 라인에 갔다가 뒤따라오는 사람의 속도에 놀라서 원래의 자리인 첫 라인으로 도망치듯 건너왔다. 첫 번째 라인은 나처럼 초보자가 많고, 아이들도 있어서 가다가 수영하다가 부딪치곤 했다. '언젠가는 옆 라인으로 가야지.'

어깨가 아팠다. 물을 저어야 하니 당연히 팔운동이 많았다. 의사는 엑스레이를 찍었고 도수치료도 권했다. 치료받을 시간이 넉넉하지 않았고, 보험이 되지 않으니 비용이 당연히 비쌌다. 실비 보험도 마땅히 없었고, 간단히 통원 치료 정도의 보험만 있어서 병원 가는 걸 포기했다.

'아프지 않고 재미있게 하는 운동은 없을까?' 고민하는 계기가 되었다. 자세의 바름이 참 중요한데 나는 어려서부터 구부정한 자세로 편하게 지냈던 탓에 등이 굽고 시선은 언제나 땅으로 향했다. 자세의 중요성은 알지만, 굳어진 습관을 어찌 바로 잡나 막막했다.

지금은 필라테스를 하고 있다. 식단관리를 선행했기 때문에 체지방이 많이 줄어든 상태라 몸이 그럭저럭 가벼웠다. 근육을 키우지는 못해도 나이 들면 사라지는 근육을 붙들기 위해 딱 좋은 운동을 찾은 셈이었다. 코어근육과 잔근육을 키우고 싶었다.

문제는 시간이었다. 어떡하면 주기적으로 운동을 할 것인가? 필라테스를 했던 사람들이 말하건대 평상시 힘들어도 수강비로 낸 돈이 아까워서 매일 간다고 했다. 필라테스하고 나서 키가 더 큰 사람도 있었다. 솔깃했다. 키가 커진다면 당연히 기쁘겠고, 근육이 붙으면 허리가 곧아지고 관절이 덜 아프겠다는 계산이었다.

겨울이 시작되는 즈음에 등록했다. 두어 군데를 방문하고

서 시설이 깨끗하고 집에서 가장 가까운 곳으로 선택했다. 좀 멀거나 하면 지체되는 시간이 많아지기 때문에 금방 포기하게 된다. 퇴근 후 저녁에는 아이 밥 챙기는데 바빴다. 먹은 밥을 소화시켜야 운동이 쉬워지므로 집에 도착하자마자 최대한 빨리 저녁밥을 준비했다.

일주일 두 번이 생각처럼 쉽지 않아서 한번은 주말을 이용했다. 토요일은 오전에 수강할 수 있어서, 주중의 저녁 시간보다 훨씬 마음이 여유로웠다. 토요일 오후부터 일요일은 다른 볼일을 보기에 충분했다. 대만족이었다. 평상시에 근육통이 많았는데, 주기적으로 근육 운동을 하니 근육통이 많이 사라졌다. 가끔은 몹시 힘들어서 특정 부위가 아닐 때도 있었다. 좋아지는 과정이려니 했다.

운동하는 이들이 운동 후의 단백질 섭취를 권하기에 나도 따라 해보았다. 필라테스가 끝나면 달걀흰자 2개와 시원한 우유를 먹었다. 갈증도 해소되고 단백질 합성에 영양소가 부족하지 않도록 빠르게 보충했다. 단백질 소화력이 낮아서 유당이 없는 소화 잘되는 우유를 마트에서 꼬박꼬박 샀다.

4개월이 지나니 운동이 일상의 하나로 자리잡혀 몸이 찌뿌둥 거리는 날도 현저하게 줄었다. 운동을 시작할 때 자신의 문제가 무엇인지, 어떤 운동이 적합한지 알면 더 효과적이다. 앱을 이용한 기록형 운동도 좋다. 하루도 빼놓지 않은 기록은 마음을 흐뭇하게 한다. 친구나 가족과 함께 걷는 즐거움도 권한다. 비용을 내고 강습받는 시스템도 좋다. 결심과 달리 빠져나가고 싶은 순간의 유혹을 견딜 수 있다. 하루하루가 탄탄해지며 내일의 자유와 달콤함도 기대할 만하다.

애들은 잘 크고 있지?
직장은 잘 다니고 있지?

"애들은 잘 크고 있지?"

"직장은 잘 다니고 있지?"

이제는 어머님이 연로하셔서 나에게 많은 걸 묻지 않으신다. 우리가 으레껏 잘 지낼 거로 생각하고서 무심히 건네는 말씀이라고 나는 지레짐작한다. 그러면서도 조금 마음이 아리다. 요즘 어머님은 혼자서 생활하신다. 약한 치매 기운이 있으셔서 약도 드신다. 도우미도 집에 오간다.

내가 결혼해서 처음 어머님을 뵈었을 때는 무척이나 젊었고, 모든 걸 주관해야 속이 시원한 듯했다. 그래서 뭐라고 묻거나 요청하면 나는 "네"로 대답했다. 의사 표현이 강하니 따라야 할 것만 같았다. 이렇다 저렇다 대꾸하기보다는 얼른 따라주는 것이 마음 편했다. 지금의 생활환경과 많이 차이 난다. 어머님의 시계는 어느 순간 멈춰 있다. 반면 나는 아이들과 부대끼고, 직장에서 일어나는 일들로 얽혀 있다. 집안일이고 직장 일이고 세세히 말해 드릴 수 없어서 "네, 잘 지내고 있어요." 한마디로 대답하니 더 이상 이야기의 진전이 없다.

일정한 시간에 출퇴근 버스 타고 직장에 오간다. 매너리즘에 빠질 것도 같다. 아이들도 커서 자잘하게 놀랄 일이 많이 줄었다. 나만 잘 지내면 만사 별일이 없어 보인다.

그럼, 과연 내가 잘 지내고 있는 걸까? 잘 지낸다. 하고 싶은 생각을 마음껏 하고 아침이면 열심히 책도 읽는다. 유익한 강의도 듣고서 자극받기도 한다. 밥도 잘 챙겨 먹는다. 영양도 운동도 주기적으로 신경 쓴다. 답답하면 밖에 나가 동네 한 바퀴를 돈다. 가로수가 가지런히 심어진 도로를 따라 걸어 다니다 보면 주변 풍경이 수려하여 여유롭다. 강아지와 산책하는 사람도 있고, 동네 친구와 나란히 운동하는 사람도 있다. 부부가 오손도손 이야기하며 걸어가기도 하고, 숨 가쁘게 뛰며 운동하는 짧은 반바지 차림의 탄력 있는 다리를 가진 젊은이도 있다. 덩달아 기분이 상쾌해진다.

가끔은 영화를 보러 간다. 전에는 내가 영화를 선정하고 예약하고 할인도 받으려다 보니 영화 보러 가기 전이 무지 바빴다. 지금은 남편에게 한마디만 한다.

"그 영화가 재미있다던데."

남편은 후다닥 휴대전화로 검색하고 시간을 정해서 몇 시에 출발하자며 준비하고 나갈 채비를 한다. 영화 보러 가기 위해 준비하는 시간이 많이 줄었다. 번개 모임 하듯이 금방 시간이 정해졌기 때문에 지체할 시간이 없다. 예정된 영화 상영 시간이 지나고 십 분까지는 홍보 영상을 보여주기에 좀 늦어도 마음이 편하다.

코로나 이후로는 영화관에 사람이 모두 들어차지 않는다. 좌석 고르기도 무지 쉽다. 팝콘, 커피를 꼭 마셔야 한다는 의무감이 확 줄어서 더 편하다. 먹는 사람이 적으니 부스럭거리지도 않고, 나도 팝콘 먹으려 손과 입을 부지런히 움직일 필요도 없어서 영화에 더 집중할 수 있다.

전보다는 영화를 자주 보지 않아서 간만의 영화관에 가면 더 감동이다. 대개는 대작만 보게 되니 보고 나면 뿌듯하다. 사람들은 인터넷 스트리밍 서비스(OTT) 중의 하나인 넷플릭스를 많이 본다. 미용실에 가면 원장은 주말에 넷플릭스로 드라마나 영화를 한꺼번에 보았다며 즐거이 소개해 준다. 난 넷플릭스 등록을 하지 않았다. 휴대전화 가입 시 통신사에서 패키지로 연결된 앱에서 가끔 영화를 본다.

요즘에는 영화나, TV 등에 하염없이 빠지는 것보다 책을 읽다가 어느 한 페이지에 머물러 있는 시간을 더 좋아한다. 중요한 말을 되새기기도 하고, 아무도 신경을 쓰지 않는 구절에서 향수를 느끼며 딴생각에 빠져도 좋다. 종이 질감과 한 장씩 넘기는 소리마저도 정겹다. 두꺼운 책이 잘 안 읽혀서 끝까지 보지 못하고 책장에 두기도 한다. 그런데도 책장 곳곳에 가지런히 꽂혀 있는 책을 보면 즐겁다. 언젠가는 한 번 더 읽고 싶은 생각이 들겠지. 나중을 기약하는 미룸의 즐거움도 있다.

작년 연말에는 공저로 글쓰기를 해보았다. 난생처음 내가 쓴 글이 책으로 나왔다. 마음이 비슷한 사람들을 여덟 명이나 만났고, 같이 글을 쓰고 나누니 힘들지 않았다. 사는 곳도 다르고 살아온 배경도 다 달랐다. 나름의 마음가짐과 관심, 열정이 뿜어져 나왔다. 살아간다는 것은 작은 관심거리도 주거니 받거니 하는 것일까?

뭔가 써보겠다고 '탁탁, 타다닥' 키보드를 눌러댄다. 글쓰기와 상관없이 키보드의 리듬감 있는 소리에 빠져든다. 순간에도 내가 뭔가를 하고 있구나 싶다. 그리고 노트북 화면에 보이는 글을 빠르게 읽고 다음 말을 이어 나간다. 글을 쓰다가 책 읽을 때처럼 잠시 멈춰서 옛날 일도 생각하고, 이 순간의 행복을 되새김질한다. 시계 초침 가는 소리와 주변의 자잘한 백색소음을 감지한다. 내 귀속에서 언젠가부터 희미하게 들리는 시냇물 흐르는 소리도 그리 거슬리지 않는다.

나는 지금 글을 쓰고 있는데, 내가 알았던 이들은 무엇을 하고 있을까? 옛 직장동료의 바지런함이 떠오르고 멀리서 살고 있는 가족들의 일상도 가늠해 본다. 아이들은 학교에서 공부하고 있겠지? 졸고 있을까? 친구들과 재잘거리고 있을까? 대학 친구들은 나처럼 엄마이니 집안일 하느라, 밖에 나가서 뭐 좀 해보라 마음이 분주하겠지? 마음은 천 리를 오간다.

나는 고민하고 또 고민한다. 내가 사랑한 일로 시작한 직장생활을 계속 즐겁게 할 수 있을지, 무엇보다 내 삶의 의미를 어떻게 잘 살릴지에 대해 생각한다. 경제생활을 유지하기 위한 직장의 쓸모를 되새긴다. 방사선 안전관리자로서 기관의 방사선 안전을 책임져 왔다. 불편한 것들을 개선하고 규정에 어긋나지 않게 합리적으로 진행하려고 노력했다. 물론, 기관이 운영되는 필수 사항으로 편성되어 있어서 생산적인 일은 결코 아니다. 하지만, 기본을 잘 지키는 태도는 모든 일을 정석대로 이끌어가는 일이기에 흐트러질 가능성을 최대한 줄여주기에 충분하다.

나는 '보이지 않는 힘'을 자주 생각한다.

그동안 아이 키우고 직장생활을 하며 가끔은 행복해하고

가끔은 불행해했다. 직장에서는 눈에 쉽게 띄지 않는 일을 주로 담당했고, 누구나 인정하는 일도 함께하여 기뻤다. 눈에 띄든 그렇지 않든 간에 여러 동료와 시공간을 공유해 왔다. 눈에 보이지 않은 방사선이 과학자에 의해 발견되어 세상에 나왔다. 나 또한 내 일상에 스며들어 있는 '보이지 않는 힘'을 들여다보는 기회를 얻었다. 삶의 가치를 다듬어 가고 세상에 나누려 한다. 부디 만나서 행복한 사람과 일이 계속되기를 희망한다.

에필로그

공기놀이와 삶

어렸을 적 공기놀이를 해 보셨지요? 사투리로 친구들과 저는 '독 잡기'라고 불렀죠. 아주 직관적인 단어이죠. '독'은 '돌'이고, '잡기'는 말뜻 그대로입니다. '돌을 잡는 놀이'라는 뜻입니다.

돌의 종류는 많습니다. 모양이 일정하고 손으로 잡기에 편한 조그마한 돌을 여기저기에서 주워 모으면 꽤 많아집니다. 모양은 제각각입니다. 놀이하다 보면 편한 돌을 모아 놓습니다. 뾰족하거나 크기가 커서 잡기가 불편한 돌은 버립니다.

독 잡기를 시작합니다. 가위바위보로 순서를 정합니다. 흙 바닥에 돌을 흩뿌리고 한 번 쓱 훑어봅니다. 뭉쳐져 있는 것 중에 가까이 있는 돌을 건드리지 않고 잡아낼 위치와 양을 가늠해 봅니다. 하나의 돌을 공중으로 적당히 던집니다. 동시에 재어 놓았던 세 개의 돌을 바닥에서 쓸어 잡아 담습니다. 잘하는 친구는 열 개도 넘는 돌을 한 번에 쓸어 모아서 손안에 다 넣었습니다.

저는 학교 들어가기 전, 한글을 익히고, 셈을 익히기도 전에 배웠던 놀이였습니다. 손이 야무진 친구들은 훨씬 빠르게 익혀서 늘 많은 돌을 가져갔습니다. 뭐 대단한 것인 양 돌무더기를 쌓아놓고 의기양양했습니다. 편을 나눠서 할 때도 많습니다. 물론, 지는 친구들은 마음이 언짢습니다.

하지만, 놀이를 끊고 집에 돌아갈 적에는 아무 미련 없이 돌무더기를 두고 떠났습니다. 참 이상하지요? 놀이를 신나게 하고 아무렇지 않게 떠나는 세상 평화로운 놀이였네요. 산다는 것도 그랬으면 좋겠습니다. 놀이하고 일할 때만큼은 재밌게 놀고 치열하게 일했으면 좋겠습니다. 순간의 이기는 즐거움도, 지는 아쉬움도 이후에는 아무 상관 없다는 듯 툴툴 털어버리는 삶이기를 바랍니다.

덥고 습한 여름의 시작 무렵